大江戸暴れ曼荼羅《まんだら》

八神淳一

コスミック・時代文庫

この作品はコスミック文庫のために書下ろされました。

目次

第一章　岩倉山《いわくらやま》の洞窟

一

徳川《とくがわ》十一代将軍家斉《いえなり》の世。

豊島隆之介《としまりゅうのすけ》は真剣を振っていた。

いつもなら、素振りをはじめると、無心になれるのだが、今宵《こよい》はまったく心が落ち着かない。

隆之介の許婚《いいなずけ》である高岡美月《たかおかみづき》の生娘《きむすめ》の花びらが、まさに散らされんとしているからだ。

相手は長峰《ながみね》藩主、長峰彦一郎《ひこいちろう》である。彦一郎は好色家として知られていた。

すでに正室もいるが、藩内を歩き、気に入ったおなごがいれば、即献上するように命じていた。

藩士の妻であることも娘であることもあった。商人の妻や娘も献上させていた。すでにその数二十人あまりで、飽きたら、夫や親のもとに帰していた。

藩主の手がついたことで、家に戻った妻や娘の格は上がり、献上した藩士は出世し、商人は潤《うるお》った。それゆえ、彦一郎の指名を受けた藩士や商人は、喜んで妻や娘を献上していた。

そんななか、高岡家に美月献上の命が下ったのである。

藩主の目に美月がとまったのは、ひと月前に行われた剣術大会であった。これまでは男子しか参加することができなかったが、この大会より女子も参加が認められた。

四人のおなごが参加したが、美月は決勝まで残ったのだ。

彦一郎は剣術には興味がなく、決勝だけ観覧していた。

そこではじめて、竹刀《しない》を振る美月を見た。その刹那《せつな》から、彦一郎の目は輝いていた。

竹刀を構えた姿は、背すじが伸びて美しく、なにより、凛《りん》とした美貌《びぼう》は圧倒的であった。

相手は次の剣術指南役候補の高木《たかぎ》琢磨《たくま》であった。美月は背中に垂らした漆黒《しっこく》の長い髪をなびかせ、竹刀を打ちこんでいった。試合は両者譲らず熱戦となった。汗ばむ美貌はさらに輝き、いつもはつまらなそうに見ている彦一郎が身を乗り出していた。

最後は高木琢磨の面が決まり、美月は敗れてしまった。

そしてそれから一時《いっとき》（二時間）後には、美月の父である高岡伝次郎《でんじろう》に娘を献上するよう命が下っていた。

高岡伝次郎は馬廻役《うままわりやく》であった。妻はすでに亡くし、娘とふたり暮らしであった。

伝次郎はすぐに断った。娘の美月にはすでに許婚がいるとの理由であった。

これには彦一郎が激怒した。藩士が藩主の命に逆らったのだ。

伝次郎はすぐに呼び出しを受けた。伝次郎は城に向かう前に、二度と会えないだろう、と告げた。すると美月は、父上をむざむざとあの世に往《ゆ》かせるわけにはいきません、と美月自らが城に上がることを希望した。

そして今宵、美月は城に上がっている。

今頃、奥の褥《しとね》で彦一郎の魔羅《まら》により、生娘の花びらが散っているだろう。

「えいっ」

隆之介は裂帛《れっぱく》の気合をこめて真剣を振る。

美月とは幼き頃より仲よしであった。いつの頃からか、お互い相手を異性として意識するようになり、許婚となっていた。

美月が許婚になる前から、隆之介はおなご知らずである。許婚となってからは、よけい他のおなごに興味を示さなかった。

美月も男を知らない。口吸いさえない。美月は美貌ゆえ、言い寄る男は多かったが、みな、即座に振っていた。隆之介が美月だけを見ているように、美月も隆之介だけを見ていた。

そんな美月が、相手は藩主とはいえ、他の男の魔羅で……。

夫婦《めおと》になるまでは、生娘の花は散らさずにおこうと思っていたのだが、せめて口吸いだけでも……しておけばよかった……。

ああ、美月……今頃、殿の口が美月の穢《けが》れなき唇に……。

「たあっ」

隆之介の声が虚《むな》しく響く。

二

風呂場《ふろば》で身を清めた美月は、眩《まばゆ》い裸体に薄い布をまとっただけで、奥に向かった。

おつきの奥女中《おくじょちゅう》が、

「美月様、参りました」

と、襖《ふすま》越しに声をかける。

「入れ」

と、彦一郎の声がした。美月が廊下に正座すると、奥女中が襖を開く。

美月は深々と頭を下げ、

「高岡美月でございます」

と名乗った。

そして立ちあがると、中に入っていく。

広々とした寝間には、部屋の四方に行灯《あんどん》が置かれていた。

彦一郎は寝間の真ん中で、布団の上であぐらをかいていた。彦一郎はすでに裸であった。

美月を見るなり、股間で眠っていた魔羅が頭をもたげはじめた。

美月は布団の端まで近寄ると、畳に正座した。

「近《ちこ》うよれ。構わぬ」

と、彦一郎が手招きする。

美月は膝《ひざ》をついたまま、床を進んでいく。

それだけでも、薄い布の下で、たわわな乳房がゆったりと揺れて、彦一郎の視線を引きつける。

美月はかなりの剣の遣《つか》い手だが、乳房もかなり豊かで、おなごとしての魅力にあふれている。

「立って裸を見せろ」

と、彦一郎が言う。

美月は、はい、と返事をすると、彦一郎の前で立ちあがった。そして、薄い布を下げていく。

たわわな乳房があらわれる。それは見事なお椀形《わんがた》をしていた。乳首はまだ、乳輪に眠っている。そのことが、まだ男女の心得に疎《うと》い躰《からだ》であることを物語っていた。

「きれいな乳だ」

「あ、ありがとう、ございます……」

美月は恥辱に震えつつ、さらに布を下げていく。平らなお腹《なか》があらわれ、そして下腹が藩主の前にあらわになる。

美月は射るような視線を恥部に覚え、思わず両手で覆《おお》う。

「なにをしている」

「も、申し訳、ございません……」

美月は震える手を恥部からずらしていく。

美月の恥毛は薄く、恥丘をわずかに飾っているだけであった。それゆえ、おなごの縦すじはあらわになっている。

それはぴちっと閉じて、一度も開かれていないように見える。

「きれいな割れ目だ。正直に答えろ。この割れ目に入った魔羅はあるのか」

恥部に顔を寄せつつ、彦一郎が問う。

「お殿様、そのことについて……お伝えしなければならないことがございます」

「なんじゃ」

清楚《せいそ》な割れ目を見つめつつ、彦一郎が促す。

「今朝……許婚の豊島隆之介と結ばれました」

「結ばれた……」

「はい。まぐわいました……それゆえ、生娘の花は散っています」

「なんだとっ」

美月は恥部を彦一郎の顔面に押しつけていった。

そのまま、彦一郎を押し倒していく。


生娘ではないと言われ、怒りを見せた彦一郎だが、恥部を顔面に押しつけられて、怒りより劣情が勝ってきた。

舌を出しておさねを舐《な》めていく。

「あっ……」

美月が甘い声をあげる。

彦一郎がそのまま舐めていると、美月が左右の太腿《ふともも》を首に巻きつけてきた。

なにをするっ、と叫ぶも、恥部に押さえつけられていて、ううっといううめき声にしかならない。

美月が強烈に太腿で首を絞めてくる。

出合えっ、と叫ぼうとするも、声が出ない。ぐいぐい絞められ、意識が薄れていく。

彦一郎が落ちると、美月は白い太腿を首から引いた。顔を寄せる。息はしている。

美月は立ちあがると、床の間に向かう。刀かけより、大刀《だいとう》を手にする。するると、彦一郎がはやくも目を覚ました。命を取ってはいけない、と加減したのが悪かったようだ。

「出合えっ」

と叫ぶ。どたどたと廊下で足音がして、襖が開かれた。三人の藩士が姿を見せた。裸で大刀を持つ美月を見て、はっと目を見開く。

美月はすらりと大刀を抜くと、乳房を弾ませ、一気に彦一郎のもとに駆けより、その首に刃《やいば》を向けた。

「なにをするっ」

藩士のひとりが叫ぶ。

美月は凛とした瞳で藩士たちを見つめつつ、

「立つのだ」

と、藩主に命じる。

「おのれっ」

と、藩士のひとりが動こうとする。すると美月ではなく、彦一郎が、

「動くなっ」

と叫ぶ。

「殿っ」

「よけいなまねはするな。よはまだ死ぬわけにはいかぬ。そうであろう」

「もちろんでございますっ」

「さあ、歩け」

と、美月が彦一郎を促す。彦一郎は喉もとに刃を突きつけられたまま、歩きはじめる。

彦一郎も美月も裸だ。さきほどまでは天を衝《つ》いていた魔羅は、今は縮みきっている。

藩士たちを下がらせつつ、廊下に出た。藩士たちは斬《き》りかかってはこない。動

くなと命じられていることもあるが、みな美月が藩内でも指折りの剣客だと知っているからだ。おなごだといって侮《あなど》る者はいない。

「馬を用意しろ」

と、美月は藩士に命じる。

「馬……」

「そうだ。はやくしろ」

「しかし……」

藩士がためらいを見せると、美月は首から刃を引くなり、藩主の股間に切っ先を向けた。

「ひいっ」

と、彦一郎が叫び、裸体を震わせた。

「殿っ」

彦一郎はもちろん、藩士たちも魔羅を斬られたと思ったが、魔羅は斬られず、十本ばかりの毛がはらりと落ちていた。

そして気がついたときには、刃は彦一郎の喉もとに戻っていた。

「次はないぞ」

と、美月が言う。

「斎藤《さいとう》っ、馬を」

と、先頭に立つ藩士が命じる。はっ、と斎藤と呼ばれた藩士が廊下を駆けていく。

美月はふたりの藩士たちを牽制《けんせい》しつつ、廊下を彦一郎とともに進んでいく。

ふたりの藩士の目は美月の裸体に釘《くぎ》づけだ。お椀形のたわわな乳房に、くびれた腰、すらりと伸びた脚線が男たちの目を引き寄せる。

「美月、馬で逃げるつもりか」

と、彦一郎が問う。少し落ち着きを取り戻していた。ずっと縮みきっていた魔羅が、頭をもたげはじめていた。

「そうです」

「許婚と逃げるのか」

「はい」

「逃げられると思っているのか」

「逃げます」

「豊島隆之介に生娘の花びらを散らされたと言ったのは、うそであろう」

「真《まこと》、です……」

「そうかな。よをあわてさせ、隙《すき》を作らせるための方便であろう」

彦一郎の魔羅がどんどん力を帯びてくる。

「私の躰は、許婚だけのものです。誰にも好きにさせません。それがたとえ、お殿様であっても」

「そうか。よい心がけだ。褒《ほ》めてつかわすぞ、美月」

廊下から庭に出た。戸が開き、斎藤に手綱《たづな》を曳《ひ》かれた馬が一頭入ってきた。

美月は彦一郎とともに馬に近寄ると、彦一郎の首から刃を引くなり、峰に返し、肩を打った。彦一郎が崩れていく。

「殿っ」

藩士たちが彦一郎の身を案じるなか、美月は裸のまま馬に飛び乗った。

三

隆之介は素振りを続けていた。まったく無心になれず、心は乱れに乱れていた。

鍛え抜かれた躰は汗まみれで、下帯《したおび》一丁となっていた。

静まり返ったなか、馬が地面を駆ける音が聞こえた。こちらに近寄ってきている。

なにごとだっ。

隆之介は真剣を手にしたまま、庭から出た。

すると、思わぬものが目に飛びこんできた。

馬がこちらに向かって駆けてきていたが、おなごが乗っていたのだ。しかも、そのおなごは裸だった。馬が駆けるたびに、豊満な乳房が上下に揺れている。

腰はくびれ、月明かりを受けた肌は、絖白《ぬめじろ》く輝いていた。

この世のものとは思えず、隆之介はしばし裸で馬に乗るおなごに見惚《みと》れていた。

そのおなごが美月であると気づいたときには、目の前まで迫っていた。

「隆之介様っ」

目の前で馬が止まり、馬の上から美月が名を呼んだ。

「み、美月どのか……」

「逃げてきました」

「逃げた……」

「守りました」

「ま、守った、とは……」

それには美月は答えず、勇ましく全裸で駆けてきたのがうそのように、頬《ほお》を赤らめて恥じらっている。

「ああっ、花びらかっ。生娘の花びらを守ったのかっ」

と、思わず隆之介は叫んでいた。

「恥ずかしいです……」

美月は鎖骨《さこつ》まで赤くさせている。手綱を持っているゆえ、乳房も恥部もまる出しのままだ。

「殿は、どうした」

「お殿様は大丈夫です」

「大丈夫とは」

「峰打ちで眠らせただけです」

「殿を峰打ち……」

「私はいけないことをしたのでしょうか」

美月が困惑の表情を浮かべる。

「まさかっ」

美月は許婚である隆之介のために、花びらを散らすことなく、戻ってきたのだ。

「父のところに参ります」

「ともに」

と言うと、美月が馬の上から手を伸ばした。

隆之介が手のひらをつかむと、ぐっと引きあげた。その勢いで、隆之介も馬に跨《また》がった。

「しっかりとつかまっていてください」

と、美月が言う。

目の前には華奢《きやしや》な背中がある。絖白い肌は汗ばみ、月明かりを受けて光っている。

隆之介は背後より手を伸ばし、美月の腰に手をまわした。

「もっとくっついてください。落ちますよ」

「そ、そうであるな」

隆之介は美月の背中に胸板を押しつけていく。

と同時に、腰にまわしていた手を思わず上げていた。

乳房をつかんだ。

「あっ……」

と、美月が驚きの声をあげた。

「すまぬっ……」

隆之介はあわてて手を下げようとしたが、左手で手の甲を押さえられた。

「そのままで……」

と、美月が言う。

「隆之介様の手を感じると、落ち着きます」

「そ、そうか」

隆之介はまったく逆であった。生まれてはじめて知った乳房の感触に、躰がより昂《たかぶ》ってくる。下帯がかなりきつい。

「ああ、逃げてきてよかったです。こうして清いままの美月の躰を隆之介様に触ってもらえて、うれしいです」

「そ、そうか……わしも……うれしいぞ」

ただ乳房に手を置いていただけだったが、どうしても我慢できずに、五本の指を美月の乳房に食いこませていく。

「あっ……」

「すまぬっ」

謝るものの、揉《も》みこむ動きを止められない。

はじめての乳もみは、想像を凌駕《りょうが》する感触だった。

これが乳っ。ああ、なんてやわらかいのだ。

それだけではない。揉むほどに、奥から押し返してくるのだ。そこをまた揉む。

たまらない、ずっと揉みつづけられる。

「ああ、父上に……」

「そうであったな」

隆之介は乳房から手を引き、あらためて腰に手をまわした。

馬が駆け出す。すると、背中に流れている漆黒の髪が風に吹きあがる。

抱きつく隆之介の顔を髪が撫《な》でてくる。

甘い薫《かお》りがする。髪だけではなく、抱きついている美月の裸体全体から甘い薫りがしてくる。

しかし、なんと勇ましく大胆なおなごなのだろうか。それでいて凛として美しく、乳も豊かだ。

隆之介は美月に惚《ほ》れなおしていた。

「隆之介様っ、聞きたいことがありますっ」

駆ける馬の上で、美月が言った。

「なんだっ」

「美月とともに、藩を出ていただけますかっ」

と、美月がともに脱藩する気はあるか、と隆之介に覚悟を聞いてきた。隆之介はいっぺんの迷いなく、

「出ようぞ。美月どのとは生涯いっしょだっ」

と叫び、またも乳房に手を伸ばし、つかんでいた。

「あうっ……」

美月が馬を止めた。

振り向くなり、美貌を寄せてきた。

あっ、と思ったときには、口にやわらかいものを感じていた。

なんとっ、美月と口吸いっ。

「う、うう……」

美月が強く押しつけてくる。

昂った隆之介が乳房を強く揉みこむと、ああっ、と唇が開いた。隆之介はそこ

におのが舌を入れていった。

舌と舌がからみ合う。

「うっんっ、うんっ」

隆之介は馬に乗ったまま、乳房を揉みつつ、美月と舌をからめていた。唾《つば》がなんとも甘い。からめていると、とろけるようだ。

美月が唇を引いた。

「うれしいです、隆之介様」

「ともに、藩を出よう」

「はいっ」

とうなずくと、美月は手綱を引いた。


高岡の家についた。馬の嘶《いなな》きが聞こえたのか、父、伝次郎が飛び出してきた。

「父上、申し訳ございませんっ」

馬から下りると、その場で美月は裸のまま土下座をした。

「お役目を果たせませんでしたっ」

地面に額をこすりつけ、美月が謝る。

「あっぱれじゃっ。それでこそ我が娘だっ」

怒り出すのではなく、伝次郎は藩主に散らされることなく戻ってきた娘を褒めた。

「父上っ」

「誇りに思うぞ」

美月が美貌を上げる。父を見あげる瞳は潤んでいた。

「立て」

はいっ、と美月が立つ。

娘が全裸であることに、ここではじめて気づいたのか、

「なんてかっこうで、ここまで来たのだ」

と、あきれた顔になる。

一方、美月のほうも、自分が生まれたままの姿でいることにあらためて頭がまわったのか、

「あっ」

と、声をあげ、あわてて両腕で乳房と恥部を隠した。

「父上、これから隆之介様と藩を出ようと思います」

「そうか。隆之介どの、娘を任せてよいのか」

と、伝次郎が馬に乗ったままの隆之介を見あげてくる。

隆之介は馬から下りると、

「高岡様はどうなりましょうか」

と問うた。隆之介の豊島家は両親がなくなり、すでに隆之介だけとなっていた。それゆえ、脱藩しても迷惑のかかる者はいない。が、高岡家はお咎《とが》めを受けるのではないのか。

「案じることはない。恐らくこのことは表沙汰《おもてざた》にならぬだろう。藩主が寝間からまぐわう相手を逃がすなど、前代未聞の大恥である。表沙汰にはできぬ。それゆえ、わしがお咎めを受けることはなかろう。なにがしかの咎めを受けたら、美月を逃がしたのが真のことになるからな」

「そうですね」

「さあ、旅支度をして国境《くにざかい》に向かうのだ。岩倉山《いわくらやま》から藩を出るのがよかろう」

「はいっ、父上っ」

美月は隆之介を見つめると、しっかりとうなずいた。

四

一時後、隆之介と美月は岩倉山に入り、国境に向かっていた。

追手の気配はなかったが、安心はできなかった。

山道を登り、国境まで来ると、洞窟があった。

「今宵はここで休もうぞ」

枯れ木を集めると、火打石で火をつけた。

焚《た》き火は獣よけになる。そしてなにより美月の美貌が浮きあがり、目の保養となる。

「疲れました」

めったに弱音を吐かない美月が、脚絆《きゃはん》をはずしつつ、そう言った。

「しかし、殿に刃を向けて、城から逃げてくるとは……さすがに驚いたぞ」

「お殿様は裸でした……私を見ると、魔羅がどんどん大きくなって……」

隆之介はじっと美月を見つめる。

「あれが入ってくると思うと、どうしても無理だと思い……それで自然と躰が動いていました」

「しかし、どうやって」

「女陰《ほと》を押しつけたのです」

「女陰を……押しつけた……どこに」

「お殿様の顔に……」

そう言うと、美月は真っ赤になった。

「なんと大胆な」

「自分でも不思議です。今、やれと言われても、絶対できません」

「そ、そうか……」

「女陰を押しつけたまま、太腿で首を絞めたのです」

「太腿で……絞めた……」

隆之介は道中着の裾《すそ》を見る。ちらりとふくらはぎがのぞいている。白い肌にどきりとする。

不思議なものだ。一時ほど前には、美月は裸だったのだ。裸で馬に乗った姿をすでに見ている。それなのに、ちらりとのぞくふくらはぎの白さに、どぎまぎしている。

「汗をかいてしまいました。汗を拭《ふ》きたいのですが」

恥じらいのそぶりを見せつつ、美月がそう言う。

「そうか」

「あの……うしろを向いていて……くださいますか」

「ああ、そうであった。気づかずに、すまぬ……」

隆之介は背中を向ける。衣擦《きぬず》れの音がする。隆之介は生唾を飲みこむ。

いやでも美月の裸体が脳裏に浮かぶ。お椀形の乳房。すでに揉んでいる。

ああ、わしは美月の乳房を揉んだのだ。信じられない。

そうだ。口吸いもしているぞ。

一度にいろんなことがありすぎて、ひとつひとつを噛《か》みしめる暇もない。

「用意できました」

と、背後より美月の声がする。

「用意……」

そうか。汗を拭いて寝巻を着たのか。

隆之介は振り向いた。

「あっ……」

目を見張った。

美月が焚き火の向こうで、裸で立っていたのだ。

「み、美月どの……」

焚き火の炎を受けて、白い裸体が妖《あや》しく浮きあがっている。

馬に跨る裸体も素晴らしかったが、焚き火の炎を受けた裸体は、もう美しくて、この世のものではなかった。

「なんと……」

隆之介は見惚れてしまっていた。

「隆之介様、追手が来る前に……美月を隆之介様のおなごにしてくださいませ」

追手は必ず来るだろう。彦一郎が美月をあきらめることはない。むしろ、さらに美月を欲しているだろう。なにせ太腿で首を絞めて、落としたおなごなのだ。これまでの美しいが人形のようなおなごたちとはまったく違うのだ。

隆之介も立ちあがった。そして、道中着を脱いでいく。

「汗くさいな……」

「好きです……」

と、美月が言う。

「えっ……」

「汗の匂い……好きです……稽古《けいこ》のとき……道場で隆之介様と竹刀を合わせながら……汗の匂いに躰を熱くさせていました」

思わぬ告白に、隆之介は驚く。

「そ、それは……わしも同じだ……」

「えっ……」

「わしも道場で美月どのの汗の匂いに……その……昂っていた」

「ああ、恥ずかしいです……竹刀を合わせながら、そんなことを思っていたなんて……」

焚き火の炎越しに、美月がなじるような目を向けている。

そんな美月に、隆之介はさらに興奮する。

抱くのだ。ここで、美月をわしのものにするのだ。

隆之介は美月の裸体を見つめつつ、下帯を取っていく。すると、

「あっ……隆之介様っ」

と、美月が驚きの声をあげる。

あらわになった隆之介の魔羅は、はやくも天を衝いていた。我ながら頼もしい

勃起具合であった。

緊張よりも、興奮が勝っていた。

「美月どのっ」

裸になった隆之介は魔羅を揺らしつつ、焚き火の向こうの裸体に迫っていった。

五

美月の腕をつかむと、抱き寄せた。

「あっ……」

と、美月が倒れてくる。

隆之介はしっかりと美月の裸体を抱き止める。

美月は隆之介のぶ厚い胸板に、美貌を押しつける。

美月の肌はしっとりとしていた。手のひらに吸いついてくる。

美月が胸板から美貌を上げた。今度は隆之介のほうから口吸いをしていく。口と唇が重なる。すぐさま、お互い開き、舌と舌をからめていく。

「うっんっ、うんっ、うっんっ」

吐息を、唾をからめ合う。美月の唾ははじめて味わったときより、甘さがさらに濃くなっていた。

唾の糸を引くように唇を引くと、

「ああ……あの……その……触ってもよろしいですか」

と、美月が恥じらうように聞く。

「触ってくれ。つかんでくれっ」

と、隆之介は応《こた》える。

「では……失礼します……」

と言うと、美月が反り返ったままの魔羅をそっとつかんできた。

「あっ……」

と、美月と隆之介は同時に声をあげた。

「硬いです……すごく硬いです」

「そ、そうか……」

美月に握られているだけで、たまらない。これでしごかれたら、出してしまうのではないか。いや、さすがにそれはないか。いや今、隆之介は異常な昂りの中にいる。

美月とともに脱藩し、追手から逃げつつ、その途中で、こうしてお互い裸になって、肌を合わせているのだ。

これ以上、血が沸騰《ふっとう》するようなことはないだろう。

彦一郎ならまだしも、おなご知らずには刺激が強すぎる。ただつかまれているだけでもたまらない。思わず、腰をくねらせてしまう。

「痛みますか」

と、美月が聞いてくる。

「いや、逆だ」

美月が魔羅をしごきはじめる。それだけではなく、胸板に美貌を埋《うず》め、隆之介の乳首を舐めはじめたのだ。

「ああっ、それはなんだっ」

乳首を舐められ、しかも、その気持ちよさに、隆之介は驚く。戸惑う。わしはおなごではない。乳首を舐められ、感じるわけがない。

美月はぺろぺろと乳首を舐めてくる。その間も、魔羅をしごいている。

「あ、ああ……ああ……」

洞窟に、隆之介のうめき声が流れる。

これは逆ではないのか。わしが美月を泣かせなければ。

「乳を揉んでもよいか」

と問う。いちいち問う必要はないのだろうが、思わず問うていた。

「はい……」

と、返事をして、すぐにまた乳首を舐めてくる。

「ああ……」

隆之介はうめきつつ、たわわな乳房をつかむ。五本の指で左のふくらみをぐっと揉みこんでいく。

「はあっ、ああ……」

美月が火の息を洩《も》らす。

隆之介はさらに揉みこんでいく。ああ、たまらない。このままずっと夜明けまで揉みつづけることができるのだ。

そうだ。乳首を。わしがこんなに気持ちよいのなら、美月はもっと感じてくれるはずだ。

「美月どの、なにゆえ乳首を舐めるのだ」

もしや経験があるのか、とくだらぬ疑いを持つ。

「ああ、隆之介様の乳首を見ていたら、舐めたくなって……お嫌いですか」

と言って、潤んだ瞳で美月が見あげている。

なんだ、この目はっ。美月もこんな目で男を見あげることがあるのかっ。

いつも凜とした佇《たたず》まいの美月しか知らないだけに、その違いに昂る。

「嫌いではないぞ……嫌いではない」

好きだと言えばよいのだが、なぜか言えない。乳首で感じるのが、男として、
武士としてなにか恥のような気がしたのだ。

「わしも舐めてよいか」

美月の乳首はやや芽吹きはじめていた。

「はい……」

頬を赤らめつつ、美月がうなずく。魔羅はずっとつかんだままだ。なにがあっても放したくない、という意志を感じる。

隆之介は乳房から手を放すと、顔を寄せていく。

すると、甘い薫りが鼻孔をくすぐってくる。

隆之介は思わず、魅惑のふくらみに顔面を押しつけていった。

「あっ、隆之介様っ……」

顔面が美月の匂いに包まれる。

幸せだった。まさか、好いたおなごの乳に顔を埋めることが、男としての幸せだったとは。

ぐりぐりと顔を動かしていると、

「はあっ、ああ……」

と、美月が敏感な反応をしめす。どうやら鼻で乳首を刺激しているようだ。

顔を上げると、いつの間にか、乳首がとがっていた。

「ああ、美月どの……感じているのか」

「知りません……」

と、美月が言う。そして、ぐいぐいと魔羅をしごきはじめる。

「あ、ああっ」

「なんでしょうか」

「いや、なんでもない」

出そうだから、やめてくれ、とは武士として言えない。

反撃だ。しごけないように感じさせるのだっ。

隆之介は美月の乳房に顔を埋め、乳首を口に含んだ。そして、じゅるっと吸った。

「はあっ、あんっ」

美月が甘い喘《あえ》ぎを洩らす。しごく手が止まった。

これだっ。反撃だっ。

隆之介はちゅうちゅうと美月の乳首を吸いつづける。

「はあっ、ああ、あんっ、やんっ」

乳首はどうやら美月の急所のようだ。かなり気持ちよさそうにしている。

隆之介は、ふと美月がうらやましくなった。さきほど、美月に乳首を舐められ、不覚にも感じてしまったが、あんあん喘ぐほど気持ちよかったわけではない。

隆之介は右の乳首から口を引くと、左の乳首を含んでいく。そして、ちゅうちゅう吸いつつ、右の乳首を摘《つ》まみ、ころがしていく。

「あ、ああっんっ」

美月がさらに甘い声をあげ、裸体をくねらせる。

すっかりしごく手は止まっている。これでよいのだ。美月が感じてくれればよい。

「あっ、だめ……」

と、美月がその場に片膝をついた。

「ああ、なんとたくましい……」

目の前に反り返った魔羅があり、美月が妖しく潤んだ瞳でじっと見つめている。

見つめられるだけで感じてしまい、魔羅が勝手にひくひくと動く。

「生きていますね」

「そうであるな」

「お殿様より隆之介様のほうが、はるかにたくましいです」

と、美月が言う。

それは真なのか。そのように感じるだけではないのか。実際、隆之介のほうが殿よりたくましいのなら誇らしい。

そんな思いが魔羅に伝わったのか、美月の鼻先でぐぐっとひとまわり太くなる。

「ああ、すごいです……あ、あの……」

「なんだ」

「あの……その……尺八《しゃくはち》というものを……吹いてみてもよろしいですか」

生娘とはいえ、美月も大人のおなごだ。尺八くらい知識として得ているのだろう。

「もちろんだ。吹いてみてくれ、美月どの」

ありがとうございます、と礼を言われる。そして、美月がそっと唇を魔羅の先端に寄せてくる。

それだけで、魔羅が上下に動く。ちゅっとくちづけてきた。

「ああっ」

たったそれだけで、隆之介は腰を震わせる。

先走りの汁がどろりと鈴口《すずぐち》から出てしまう。それに気づいた美月が、あっと唇を引く。

「これは、なんでしょうか」

「先走りの汁だ。我慢汁ともいうかな」

「我慢のお汁。隆之介様、我慢なさっているのですか」

「いや、我慢しているのではなく、美月どのの尺八が気持ちよくて、勝手に出てしまうのだ」

「まだ、なにもしていません」

「そうだな。でも、気持ちよいのだ」

「尺八とは魔羅を舐めるのですよね。これ、舐めてもよろしいのですか」

と、美月が我慢汁を指さす。

「構わぬが、まずいかもしれぬぞ」

「そうなのですか。でも、隆之介様のお汁なら、きっとおいしいはずです」

そう言うなり、美月は大胆にもぺろりと我慢汁を舐めてきた。

「ああっ」

不覚にも、隆之介は声をあげてしまう。洞窟に響く。

美月は美貌をしかめた。

「やはり、まずいのだろう。舐めなくてもよいぞ」

「いいえ、おいしいです……隆之介様のお汁だから、おいしいですっ」

そう言うと、美月はさらにぺろぺろと舐めてくる。

「あ、ああ……」

我慢汁を舐めるということは、魔羅の先端を舐めることを意味している。生まれてはじめておなごに先端を舐められ、その快感に、隆之介はうめいていた。と同時に、さらなる先走りの汁を出してしまう。

するとまた、それを美月が舐めてくる。

「あ、ああ……」

先端をしつこく舐められていると、このまま出したくなってくる。このまま出せば、美月の顔を汚すことになる。

かといって、ぎりぎりで矛先《ほこさき》を変えれば、宙に精汁を出してしまうことになる。精汁は子をなすための大切なものだ。それをおなごの女陰以外に出すなどあってはならない。

ああ、出そうだっ。女陰に、女陰に出さなくてはっ。

「美月どのっ」

隆之介は道中着を洞窟の床にひろげると、そこに美月を押し倒した。

「あっ……」

いきなり隆之介が挿入態勢になり、美月は裸体を固くさせる。

隆之介はぴったりと合わさっている左右の足をつかむと、ぐっと開いた。

「ああ……」

美月が思わず恥部を両手で覆う。

隆之介は両足の間に躰を入れた。反り返ったままの魔羅の先端を、美月の恥部に向けていく。

「美月どの」

「は、はい……」

美月が股間から両手をずらす。

焚き火の炎を受けて、美月の割れ目が浮きあがる。

ここにください、と待っている。

隆之介は先端を割れ目に向ける。

六

「隆之介様……あ、あの……」

鎌首《かまくび》を割れ目に当てて、いざ参ろうと思ったときに、美月が声をかけた。

「なんだ」

「あの……散らす前に……散らす前の美月の花びらを……隆之介様の目に……焼きつけてください……散らしてしまえば、もう、もとには戻りませんから」

散らしたら、戻らぬ。散らす前の花びら。

「そうであるなっ。無垢《むく》な花びらを目に焼きつけようぞっ」

隆之介は割れ目から鎌首を引くと、上体を倒した。割れ目が迫ってくる。それは一度も開いたことのないように、ぴったりと閉じている。

そこに指を添える。

「あっ……」

それだけで、美月が裸体を震わせる。

隆之介は割れ目をくつろげていく。

花びらがあらわれる。焚き火の炎を受けて、浮きあがっている。

「こ、これが……美月どのの……花びら……」

あまりに清楚で、あまりに可憐《かれん》で、まったく穢れを知らない花びらであった。

花びらはしっとりと潤んでいた。

「濡らしているのか」

思わず、見たままをつぶやく。

「ああ、そうなのですか……なんてはしたない姿をっ」

と、美月があわてて両手で恥部を隠そうとする。

「隠すでないっ」

隆之介にしては珍しく声を荒らげていた。

「でも……」

「濡らすのは普通だ。濡らさないと魔羅が入ったとき、傷つくであろう。傷つかないために、自然と濡らすのだ」

「ああ……隆之介様……」

美月が両手を脇にずらす。

隆之介は割れ目をさらにくつろげる。奥までのぞきこむ。

すると、生娘の花があった。

「ああ、生娘の花が……」

「隆之介様のために、守りました……お殿様から守りました」

「ああ、美月どのっ」

隆之介は泣いていた。これを守るために、隆之介に捧げるために、美月は命をかけて、城から逃げてきたのだ。

一生守る。死ぬまでいっしょだ。美月と添いとげる。

花びらが蠢《うごめ》いている。誘っているようだ。

じっと見ていると、なにかを入れたくなる。指か。舌か。違う。魔羅だ。

殿から守ってきた花びらを、わしが散らすのだっ。

隆之介は美月の恥部から顔を上げた。

「きれいな花びらだ。散らすのはなんとも惜しいが、今宵、これより散らすっ」

「はい、隆之介様に捧げます」

隆之介を見あげる美月の瞳も涙で潤んでいた。

隆之介は、あらためて鎌首を割れ目に向ける。割れ目から手を引くとすぐに、ぴっちりと閉じてしまう。

そこに、鎌首を当てていく。

「いざ」

と突き出す。

が、鎌首がめりこまない。入口が拒《こば》んでいるようだ。

隆之介はもう一度、突いていく。が、入らない。入口は狭く、鎌首は太い。しかも隆之介ははじめてだし、さらにここは寝間ではなく、洞窟なのである。

そもそも、肉の契《ちぎ》りを結ぶような場所ではない。

美月は散らされるのをじっと待っている。

落ち着くのだ、と隆之介は深呼吸をする。そして、

「いざ」

と、鎌首を割れ目に当て、突き出す。

すると、鎌首がめりこみはじめた。

「あっ……」

またも美月と隆之介は同時に声をあげていた。

先っぽに粘膜を感じた。ここを突くのだ、と思ったとき、

「いたぞっ」

と、洞窟の入口から声がした。

藩士であった。こちらをのぞきこんでいる。

隆之介は先っぽを美月の中に入れたまま、しばし、のぞきこむ藩士とにらみ合った。

が、藩士が洞窟に入りこむのを見て、さっと美月が起きあがった。隆之介も立ちあがり、急いで大刀を手にして、すらりと抜く。

「大切なおなごの花を散らしたのかっ」

先頭に立つ藩士がどなるように問う。

「散らしたぞっ。入れたぞっ」

「なにっ」

隆之介は裸のまま、藩士を迎え撃つ態勢を整える。その間に、美月は裸体に道

中着をまとい、同じく大刀を手にした。

剣の腕なら、美月のほうが上なのだ。

「おなごは斬るな」

先頭に立つ藩士がそう言い、迫ってくる。峰に返している。

美月だけでなく、わしを斬る気もないのか、と隆之介も峰に返す。美月も峰に返した。

生け捕りにする気だ。

おなごは斬るなというのは、肌を傷つけるな、という意味であろう。美月は大切に捕らえる気だ。

先頭の藩士が迫ってくる。

「神妙にすれば、痛い目にはあわさぬ」

「それはこちらの台詞《せりふ》だ」

「なんだとっ」

と、先頭の藩士が斬りかかってくる。

隆之介は顔面のそばで峰を受けると、そのまま押し返していく。

先頭の藩士が下がる。その間に、ふたりめの藩士が美月に斬りかかる。

美月も堂々と峰で受けていた。美月は鍔迫《つばぜ》り合いはせずに、すぐさま峰を離し、そのままふたりめの藩士の小手を打った。

「ぎゃあっ」

峰とはいえ、大刀だ。骨が砕ける音がして、藩士が大刀を落とす。

さすが、美月だ。

美月はふたりめの藩士の肩を打った。ぐえっ、と崩れていく。

三人目の藩士が迫ってくる。

何人いるのだ、と鍔迫り合いを演じつつ、隆之介は入口に目を向ける。

入口に人影はない。となると三人か。三人で追ってきたのか。

隆之介は先頭の藩士をぐぐっと押しやると、小手を狙《ねら》った。が、読まれて受けられると、胴を狙われる。隆之介はさっと下がった。

その間に、美月が三人目の藩士を相手にしていた。

ただでさえ美月が強いうえに、相手はなるべく美月を傷つけないようにしている。それゆえ、迫力が違っていた。

「たあっ」

美月の峰が三人目の藩士の肩に打ちこまれた。

「ぐえっ」

とうめき、崩れていく。

「美月どのっ、外に出るのだっ」

「はいっ」

と、美月が先に洞窟から出ようとする。

が、隆之介の相手をしている藩士は、追おうとはしなかった。隆之介よりも、美月が大事はなずなのに。

「外で待ち伏せしているぞっ」

と叫んだときには、美月は洞窟の外に出ていた。

「あっ、卑怯《ひきょう》なっ」

と、洞窟の外から美月の声がする。

「美月どのっ」

と叫び、美月を助けようとするが、先頭の藩士が行く手の邪魔をする。

洞窟の外で、美月は頭から網をかけられていた。

網の中で、美月が大刀を振っているのが見える。

網に捕らわれているとはいえ、大刀を振っているため、美月を挟んだ藩士たちは安易に近寄れないでいる。

「美月どのっ」

美月が視界から消えた。

隆之介は行く手の邪魔をする藩士の腹を打ち、膝を折らせると、洞窟の外へと走った。

出た刹那、

「ああっ」

と、美月の悲鳴が聞こえた。洞窟は崖《がけ》のそばにあった。

網に捕らわれたまま逃げようとした美月が足を滑らせていた。

「美月っ」

と叫ぶ隆之介の喉もとに、藩士の切っ先が突きつけられた。

「川に落ちたぞっ」

「降りて、捜せっ」

と、藩士のひとりが叫んだ。

第二章　賭場《とば》の用心棒

一

男の匂いを嗅《か》ぎ、美月ははっと目を覚ました。

目の前に隆之介の姿はなく、髭面《ひげづら》のむさ苦しい顔があった。

息がかかるほど近い距離で、美月の顔をのぞきこんでいる。

「おう、目を覚ましたか」

むさ苦しい男が笑った。笑うと、多少は愛嬌《あいきょう》のある顔となった。

美月はがばっと起きあがった。その勢いに押され、むさ苦しい男がひっくり返る。

美月は薄い寝巻を着ていた。その一枚だけだった。裾《すそ》は短く、太腿《ふともも》から下があらわになっている。

「ここはっ」

「わしの家だ。まあ、家とは言っても、小屋だがな」

まわりを見まわすと、確かに小屋だった。

「私は……」

「魚釣りに川に出たら網にからまったあんたが川縁《かわべり》に打ちあげられていたのさ」

「そ、そうなのですか」

美月は思い出した。洞窟から出た刹那《せつな》、上から網が落ちてきた。網に捕らわれたまま逃げようとして、足を滑らせたのだ。

川に落ちた刹那からの記憶がない。

「今は」

「夕刻だな」

「夕刻……」

「ずっと眠っていたな。まあ、息をしていることはわかったから、案じてはいなかったが」

「助けてくださったのですね」

「まあ、そういうことになるな」

「ありがとうございます」

「いや……」

むさくるしい男は照れている。

「あの……あなた様が道中着を脱がして、寝巻に着がえさせたのですよね」

「まあ、そういうことになるな」

「そうですか……」

「案じるな。なにもしていない。まあ、乳は見たが……それだけだ……」

「ああ……」

美月は急に羞恥《しゆうち》を覚え、胸もとを抱く。

「まあ、裸にしたら、どうしても見るよな。そこはゆるしてくれ」

「い、いいえ……助けてくださったのですもの。命の恩人です」

むさ苦しい男は武士のようであった。髷《まげ》は結わず、総髪にしている。浪人だろう。

「ここは、どこになりますか」

「新井宿《あらいじゆく》だな」

「そうですか……」

国境《くにざかい》にある宿場町である。

長峰藩から出たものの、たいして離れていなかった。

「わしは、権堂矢十郎《ごんどうやじゅうろう》と申す。ゆえあって、長峰藩を脱藩して、今は浪人の身である」

と、むさ苦しい男が名乗った。

「長峰藩を……脱藩なされたのですか」

「そうだ」

「私も同じです」

「なんだと」

「私は、馬廻役高岡伝次郎の娘、美月と申します。殿様に奥に呼びつけられ、操《みさお》を破られる寸前に、城より逃げてきました」

「なんとっ」

矢十郎が目を見張った。長峰藩の藩士なら、藩主のおなご好きは知っているだろう。だから、これで通じると思った。

「そうか。そうであったか……ああ、わしの妻も殿に呼びつけられ、今、奥にいるのだ」

「えっ……」

「藤乃《ふじの》という。わしにはもったいないほどのよきおなごでな。まあ、それゆえ、おなご好きの殿に目をつけられ、呼び出されたのだ。わしは妻が藩主の慰み者になるのに耐えきれず、藩から逃げ出したのだ」

「そ、そうなのですか……」

ここにも、殿の犠牲者がいたとは。

「私には豊島隆之介様という許婚《いいなずけ》がおります。お互い清い躰《からだ》のまま、ふたりで逃げてきたのです」

「清い躰のままか……」

矢十郎が寝巻姿の美月の躰を上から下まで舐《な》めるように見た。

美月はさらに強く胸もとを抱く。

真《まこと》に乳を見ただけだったのか。されど、矢十郎は命の恩人なのだ。

さすがに女陰《ほと》に魔羅《まら》を入れられたら、痛みで起きていただろう。花びらは散らされていないはずだ。

「それで豊島どのは、どうした」

「私だけ崖《がけ》から落ちたのです」

「そうか」

「ただ、恐らく、隆之介様は生かされて捕らえられたと思います。追手は峰で向かってきたのです」

「なるほど」

「私は行かなければなりません」

と言って、立ちあがろうとした。が、ふらつき、よろめく。

矢十郎が太い腕で抱き止めていた。

「あっ、ごめんなさい」

と、あわてて矢十郎の腕から逃れる。

「まだ休んでいればよい。いずれにしても、もう日が暮れる。わしはこれから宿場町に行って、ひと仕事してくる」

「なんの仕事ですか」

「賭場《とば》の用心棒さ。恐らく、もう美月どのが逃げたことは噂《うわさ》になっておるだろう。殿のもとからおなごが逃げ出したなんて話はかっこうのネタであるからな」

「もう、新井宿にも話は流れていると」

「間違いない。もちろん箝口令《かんこうれい》は敷かれているだろうが、人の口に戸は立てられぬからな。それにな」

「それに」

「殿には、民はみなうんざりしているのだ。そんな殿のもとから、生娘《きむすめ》の花を散らされる前に逃げたとは、あっぱれな話ではないか」

「あっぱれ、ですか」

「あっぱれだっ、美月どのっ」

矢十郎は豪快に笑う。隆之介とはまったく違った性格に見えた。

「賭場で、豊島どのがどうなっているか聞いてこようぞ」

「おねがいしますっ」

「任せておけ」

と、矢十郎が腰に大刀《だいとう》を差し、小屋を出て言った。

二

「入ります」

おなごの壺振《つぼふ》りの胡蝶《こちょう》が両手を上げる。

小袖《こそで》は諸肌《もろはだ》脱ぎで、左右の腋《わき》のくぼみがあらわになる。そこには和毛《にこげ》がない。すっきりとしている。それが場が進むにつれて汗ばんできて、たまらない眺めとなる。

諸肌脱ぎゆえ、豊満な乳も半分近くのぞいていて、客人の気が散っている。それも狙《ねら》いだ。

「さあ、張った、張ったっ。丁方ないかっ」

中盆《なかぼん》が客人を煽《あお》る。

客人は旅の者が半分、近くの商人や地主が半分だ。

矢十郎は胡蝶の乳を見ながら、美月の裸体を思い出す。

しかし、よきおなごであるな。

今朝、飯のおかずにと近くの川に釣りに行くと、網に捕らわれたおなごがいたのだ。それが美月である。醜女《しこめ》であれば放《ほう》っておくのだが、ひと目で矢十郎は惚《ほ》れていた。

網から出して、小屋まで運んだ。ずぶ濡れの道中着を脱がせると、思いの外豊かな乳房があらわれた。きれいなお椀形《わんがた》であった。

美月には見ただけで、なにもしていないと言ったが、それはうそである。

あれだけの乳を目の前にして、なにもしない男などいるのだろうか。

とうぜん、矢十郎は美月の乳房をそっとつかんでいた。美月の肌はしっとりとしていて、手のひらに肌が吸いついてきた。

目を覚まさないように、そっと五本の手を乳房に埋《うず》めていった。かなりの弾力があった。

「ピンゾロの丁っ」

中盆の声が響く。一の目が並んでいた。

さらに道中着を下げ、そして腰巻を取ると、いきなり割れ目があらわれた。

美月の恥毛は薄く、割れ目の左右には恥毛がなかった。

目にした刹那、生娘だと思った。矢十郎が知っているおなごたちの割れ目とはまったく違っていた。

美月をうかがいながら、そっと割れ目に触れた。

それだけで、矢十郎は柄にもなく躰を震わせた。割れ目を開いて、中をのぞくつもりだったが、指が動かない。

おなご知らずのようになっていた。それくらい美月の割れ目が清楚《せいそ》で可憐《かれん》だったのだ。勝手に中をのぞき見るのは憚《はばか》られた。

「入りますっ」

と、胡蝶が両腕を上げる。諸肌脱ぎの小袖が下がり、右の乳房がこぼれ出た。

胡蝶がちらりとこちらを見る。その目が誘っている。

いきなり乳房があらわれ、客人たちの視線がさらに落ち着かなくなる。そんなか、胡蝶が壺に賽子《さいころ》を放りこみ、盆茣蓙《ぼんござ》に伏せる。

「さあ、張った、張ったっ」

胡蝶はこぼれ出た乳房を隠そうともせず、客人たちを見つめている。そして、ちらりと矢十郎を見る。

やりたい。美月の乳房を揉《も》み、割れ目に触れただけで終わったゆえ、矢十郎は中途半端な状態にあった。ずっと、股間がくすぶったままだ。

賭場では、やはり長峰藩の藩主が寝間からおなごに逃げられた、と噂になっていた。

――おなごは裸で馬に乗って逃げたそうですぜ、先生。

――裸でか。

――股間を顔面に押しつけて、太腿で首を絞めて、殿様を落としたらしいですぜ。

——それはすごいな。

馬のことも、太腿で藩主の首を絞めたことも真であろうか。噂には尾ひれがつくのが当たり前だから、いずれも違うだろう。

——裸のまま、許婚と逃げたらしいですぜ。

——それで捕まったのか。

——いやあ、許婚だけ捕らえたそうですぜ。おなごのほうは今、血眼《ちまなこ》になって探しているそうです。

——許婚はどうなった。

——生きているらしいですぜ。たぶん、おなごを呼び戻すためでしょう。

「グニの半っ」

五と二の目が出ていた。

すると、胡蝶の正面に座る客人が、

「いかさまだっ」

と叫んだ。そしてすぐさま賽子を手にすると、がりっと噛《か》んだ。賽子が割れて、重しがあらわれた。

それを見た客人たちが騒ぎ出す。

胡蝶の右隣に座っていた客人が懐《ふところ》から匕首《あいくち》を抜き、あらわな乳房に突きつけた。

賽子を嚙んだ客人も匕首を取り出している。

「代貸っ、詫《わ》び料だっ。あり金全部、持ってこいっ」

と、胡蝶に乳房を向けている客人が叫ぶ。左隣の客人も匕首を出して、胡蝶の二の腕をつかんでいる。

三人も匕首を見逃していやがる。おまえ、なにしていたんだ、と矢十郎はそばにいるやくざ者をにらみつける。五郎《ごろう》というが、こいつが得物《えもの》あらためをしていた。

「はやくしろっ」

と、胡蝶の乳房に匕首を向けている客人が叫ぶ。

「先生っ」

と、奥に座る代貸が叫ぶ。

出番だ。矢十郎は大刀を抜くと、立ちあがった。

ゆったりとした足取りで迫っていく。

「なんだっ、大刀を放せっ。このおなごの乳首が飛ぶぞっ」

と、客人が叫ぶ。

「構わぬ」

客人よりも、胡蝶が驚愕《きょうがく》の表情を浮かべた。

「なにっ」

矢十郎はいきなり一気に迫ると、疾風《はやて》のごとき太刀《たち》捌《さば》きを見せた。

「ぎゃあっ」

客人が絶叫した。匕首を持った手が手首から落ちていた。がくっと膝《ひざ》を折り、目を剝《む》く。

矢十郎は峰に返すと、左隣の客人の肩を打った。骨が砕ける音がする。

それを見た正面の客人があわてて逃げようとしたが、その背中を峰で打った。

「ぐえっ」

と、顔面から板間に倒れていった。

「矢十郎様っ」

大刀を鞘《さや》に戻すなり、胡蝶が抱きついてきた。

矢十郎は胡蝶のあごを摘《つ》まむと、満座のなか、唇を奪った。すると胡蝶がさらに強くしがみつき、舌をからませてくる。

「うんっ、うっんっ」

唾《つば》をからめ合いつつ、矢十郎は剝き出しの乳房をつかんだ。ぐいっと揉みこむ。

「はあっ、ああ……」

胡蝶が火の息を吹きこんでくる。

「ああ、乳首が飛んでも構わぬなんて、はったりですよね」

「いや、真のことだ。飛ぶところを見たかったぞっ」

「ひどいっ」

胡蝶はなじるように矢十郎を見つめる。

矢十郎は胡蝶の右腕をつかむと、ぐっと引きあげた。腋の下があらわになる。壺と賽子を上げるたびに、客人たちの目を引き寄せていた魅惑の腋だ。そこはさらに汗ばんでいて、甘い薫《かお》りがした。

矢十郎はみなが見ているなか、胡蝶の腋の下に顔を押しつけた。ぐりぐりと鼻をこすりつける。

「ああ、ああ、そんなとこ……ああ、矢十郎様っ」

危うく乳首を飛ばされるところを助けられて、胡蝶もかなり昂《たかぶ》っていた。矢十郎自身も、久々に大刀を振って血が騒いでいる。

「ああ、たまらん匂いだ。ずっと嗅いでみたかったのだ。舐めるぞ。よいな」

「はい、矢十郎様」

矢十郎は満座のなか、胡蝶の腋のくぼみをぞろりと舐める。すると、

「あんっ」

と、胡蝶が敏感な反応を見せる。あらわな乳房の頂点は、いつの間にか、つんとしこっている。

矢十郎は腋の下を舐めつつ、乳首を摘まみ、ひねる。

「あうっんっ」

胡蝶の躰ががくがくと震える。

「ああ、入れたい。入れてよいか」

矢十郎はすぐにでも、女陰に包まれたかった。鋼《はがね》の魔羅をぶちこみたかった。

「くださいっ」

胡蝶が自ら小袖の裾をたくしあげる。すると、いきなり恥部と白い尻があらわれた。

おうっと客人たちや賭場のやくざ者たちがうなる。峰を打たれた男たちは伸びたままだ。

「腰巻はつけていないのか」

「賭場でそんな野暮なものはつけませんよ、矢十郎様」

満座の中で入口をあらわにさせた胡蝶は、矢十郎の着物の帯に手をかけた。結び目を解《ほど》くと、前をはだける。

そして、下帯《したおび》を取る。弾《はじ》けるように魔羅があらわれ、胡蝶の小鼻をたたく。

客人たちがうなり、胡蝶は、あんっ、と甘い声をあげる。そしてすぐさま、見事な反り返りを見せている魔羅にしゃぶりついてきた。鎌首《かまくび》が胡蝶の口の粘膜に包まれる。

「うう……」

矢十郎はうなる。久々の尺八《しゃくはち》だ。

胡蝶はそのまま、反り返った魔羅の根元まで咥《くわ》えてくる。そして、全部呑《の》みこむと、吐き出すことなく、吸いはじめる。

「あ、あううっ」

藩主に献上した妻の藤乃を思い出す。藤乃も胡蝶のように根元まで含み、吸っていた。

藤乃はなにより床上手《とこじょうず》で、妻にして三年、毎晩まぐわっても、飽きることはなかった。むしろ夜ごとに、おなごとして妖艶《ようえん》になってきた。

その妖艶さが、彦一郎の目にとまり、奥に上がるように下知《げち》があったのだ。

矢十郎は妻を献上したくはなかったが、長峰藩士として、藩主の命にしたがった。藤乃はこれで出世しますよ、矢十郎様、と言って、奥に上がったが、出世する前に、矢十郎は妻を夜ごと抱いている藩主に仕えることに苦痛を覚え、藩を捨てたのだ。

「うんっ、うんっ」

股間からうめき声がする。胡蝶が美貌《びぼう》を前後に動かし、矢十郎の魔羅を貪《むさぼ》り食っている。

貪りながら、矢十郎を見あげている。その瞳は妖《あや》しく潤《うる》んでいた。完全に藤乃と重なった。矢十郎は、

「藤乃っ」

と叫び、胡蝶の口に暴発させた。

「おう、おうっ」

うなり声をあげ、胡蝶の喉に噴射しつづける。

胡蝶は最初、驚いた表情を浮かべたが、すぐに、うっとりとした顔になり、激しい飛沫《しぶき》を喉で受けつづける。

脈動が鎮まると、矢十郎の脳裏から藤乃が消え、我に返った。

藤乃を思いつつ、胡蝶の口に出すとは……なんたる不覚っ。

「すまないっ」

矢十郎は胡蝶の口から魔羅を抜こうとするが、胡蝶は根元まで咥えたまま、離さない。

ごくんと喉を動かし、そして強く吸ってくる。

「あ、ああっ」

出したばかりの魔羅を吸われ、矢十郎はおなごのように腰をくねらせてしまう。みなの前で腰をくねらせ、なんとも恥ずかしい。

「うう、うんっ、うんっ」

胡蝶は強く吸いつづける。

驚くことに、胡蝶の口の中で、魔羅が力を取り戻しはじめる。

「ああ、これは……」

胡蝶が唇を引くと、唾まみれの魔羅は反り返りを取り戻していた。

それを見て、客人たちややくざ者たちがほうっと声をあげる。

「ああ、なんとたくましい御方《おかた》。今度は、胡蝶を泣かせてください」

と言うと、胡蝶は筵莫蓙の上で、四つん這《ば》いになった。小袖の裾をたくしあげ、あらわにさせた双臀《そうでん》を、矢十郎に向けて突きあげてくる。

むちっと熟れた尻を見ていると、またも藤乃を思い出す。と同時に、美月の尻も脳裏に浮かぶ。美月は乳だけではなく、尻もそそった。

裸体をうつ伏せにして、木綿《もめん》の布で躰を拭《ふ》いていたとき、尻も撫《な》でていた。

ぷりっとしたよい尻であった。

矢十郎の魔羅の反り返りが急角度になる。

「先生っ」

代貸が感嘆の声をあげる。

「なんともうらやましい」

矢十郎は魔羅をひとしごきすると、

「もっと尻を上げろっ」

と、ぱしっと胡蝶の尻たぼを張る。すると、

「はあっんっ」

と、甘い声をあげて、胡蝶がさらに尻をさしあげてくる。

矢十郎は尻たぼをつかむと、すぐさま鋼の魔羅を背後より突き刺していった。

ずぶずぶっ、と尻に魔羅が入っていく。胡蝶の女陰は燃えるようであった。すでにどろどろである。

「どうだっ」

「たくましいですっ、ああ、ああっ」

子宮《こつぼ》をどんと突いた。

「いいっ」

一撃で、胡蝶は気をやった。強烈に矢十郎の魔羅を締めてくる。胡蝶の女陰は極上だったが、藤乃の女陰はさらに上だった。

ああ、藤乃……わしはなんて情けない男なのだ……妻を藩主に寝取られたからと、逃げるように脱藩するなんて……美月を見ろっ。許婚を捕らえられ、それを助けに行くと言っているのだ。

わしも行くぞっ。藤乃っ、待っておれっ。

矢十郎は渾身《こんしん》の力をこめて、胡蝶の女陰を突いていく。

「いい、いいいっ、いくいくっ」

胡蝶ははやくも気をやった。四つん這いの躰をがくがくと痙攣《けいれん》させる。そんななか、矢十郎は藤乃を思い、突きつづけた。

よがり声が聞こえなくなり、どうしたのかと思うと、代貸が胡蝶の顔をのぞきこんだ。

「先生、伸びてますぜ」

と言った。

三

夜中、宿場はずれの小屋に向かい、戸を開くと、

「お帰りなさいませ」

と、美月が頭を下げてきた。旅装束を着て、正座していた。

「起きていたのか。休んでおれば、よかったのに」

腰から大刀を鞘ごと抜くと、美月が手を伸ばしてきた。矢十郎は美月に預ける。

「矢十郎様が働いておられるのに、私だけ休むことはできません」

「そうか」

藤乃を思い、胡蝶を突きまくったが、美月とこうして暮らしたい、と愚かなことを思ってしまう。

「それで……隆之介様は……」

「安心しろ。殺されてはおらぬ」

「そうですか」

美月が緊張が解けた表情を浮かべる。

そうか。許婚の安否を思い、寝られなかっただけか。それはそうであろうな。

「どうやら、城の奥にいるようだ」

「奥に……牢獄《ろうごく》ではないのですか」

「そなたを誘《おび》き寄せるために生かしているわけだからな。奥でそなたを捕らえたいのであろう」

「わかりました。ありがとうございました」

そう言うと、美月は大刀を腰に差し、立ちあがった。

「お世話になりました」

頭を下げて、出ていこうとする。

「待てっ」

と、矢十郎は美月の手をつかんだ。

「わしも行く」

「おなごのそなたが、殿を恐れず、城に向かうというのに、わしがうじうじとこのようなところにいるわけにはいかぬぞっ」

矢十郎はあらためて、大刀を腰に差した。

「矢十郎様……」

「妻を……藤乃を取り返しに行くっ」

「矢十郎様も……」


長峰城の奥。

藩主の彦一郎は座敷牢に顔を見せた。

見張りの藩士が頭を下げる。座敷牢の中の豊島隆之介も頭を下げる。

「聞きたいことがあってな」

彦一郎は寝巻姿であった。前がはだけ、魔羅がのぞいている。それは今宵《こよい》まぐわった藤乃の唾で絖光《ぬめひか》っていた。

たっぷり女陰に出したあと、口で清めさせていた。

「高岡美月はおまえの許婚であるよな」

「はっ」

「それで、まぐわったのか」

隆之介は、即座には答えない。

「どうなのだ」

「まぐわいました……」

「真なのか」

「真です。殿に献上する前に、この魔羅で散らしました」

「おのれっ、ゆるさんっ」

彦一郎は声を荒らげ、藩士の腰から大刀を抜くと、座敷牢の格子の隙間《すきま》から、大刀の切っ先を入れていく。

道中着姿の隆之介は正座したまま、微動だにしない。しっかりと藩主を見つめている。

「殿っ、斬《き》ったら、高岡美月は来ませんぞっ」

と、藩士のひとりが訴える。

「構わぬっ」

「殿っ、豊島隆之介の目の前で、高岡美月をよがらせたいとおっしゃっていたではないですかっ」

と、もうひとりの藩士が訴える。

「そうであったな」

彦一郎は格子の間から、大刀を抜いていく。

高岡美月。人形のように抱かれるおなごばかりのなか、よの顔面に女陰を押しつけ、太腿で首を絞めて落とすとは……なんというおなごなのだ。

生娘の花を散らすことはできぬようだが、許婚の前で美月をよがらせ、お殿様の魔羅がよいです、と言わせるのだ。

そのためには、こやつは生かしておかなくてはならない。

隆之介はずっと宙の一点を見つめていた。

四

夜が明ける前に、矢十郎は美月とともに、長峰藩に入った。

脱藩して、久しぶりの長峰藩であった。当たり前だが、なにも変わっていない。

矢十郎が殿に妻を寝取られ、うじうじしていても、世間はなにも変わらない。

「ここです」

と、美月が一軒の家の門の前に立った。

城の奥に入り、隆之介と藤乃を奪還するには、どうしても手引きする者が必要である。信頼できる男ではなくてはならない。矢十郎にはそのような男は残念ながらいない。

が、美月には、ひとりだけ信頼できる男がいると言ったのだ。

訪《おとな》いを入れると、男が顔を出した。

「み、美月どの……」

「間垣《まがき》様、おねがいがあります」

間垣孝道《たかみち》。隆之介と美月の道場仲間。幼き頃より、道場で切磋《せっさ》琢磨《たくま》してきた仲らしい。殿の警護を務めているらしいが、昨晩は非番だったようだ。

「こちらは」

と、間垣が美月の背後に立つ矢十郎を疑わしげに見た。

「こちらは権堂矢十郎様。岩倉山の崖から落ちた私を助けてくださった御方です。矢十郎様も奥方をお殿様の……おなごに……」

「そうですか」

「藤乃と言います」

と、矢十郎が言った。

「藤乃……どの……そうですか……」

「藤乃は元気ですか」

「はい。殿のご寵愛《ちょうあい》をとても受けています」

「そうですか」

喜ぶべきなのか、どうなのか。

「隆之介様は……」

と、美月が聞く。

「安心してくだされ。奥の座敷牢にいます。私が隆之介どのを座敷牢に入れました」

「そうですか……お務めですものね」

美月が悲しそうな表情を浮かべる。

「殿は美月どのを誘き寄せるために、隆之介どのを生かしているのです。実際、こうして藩に戻られた」

「それで、おねがいがあるのです」

「隆之介どのに会いたいのですね」

「はい。会って、ともに逃げたいのです」

矢十郎は間垣の表情をじっと観察していた。ともに逃げたい、と美月が言ったとき、わずかに口が歪《ゆが》んだように感じた。

なにより、間垣が美月を見る目が、単なる道場仲間を見る目ではないと感じた。間垣は美月に惚れている。そしてそのことに、美月は気づいていない。

「私が手引きしましょう」

「ありがとうございますっ」

美月が笑顔を見せる。

「そのとき、藤乃様もお助けしたいのです。おねがいできますか」

と、美月が聞く。

間垣が矢十郎を見る。頼みます、と矢十郎は頭を下げる。

「わかりました。美月どののねがいであれば……ただ……」

と、間垣が口ごもる。

「どうなされた、なんでも言ってくだされ」

「いや、藤乃どのは……もう、以前の藤乃どのではないかもしれません」

「と言うと……」

「とにかく、殿のご寵愛を受けていて……見るだけで……」

「見るだけで……」

「いえ、すみません。藤乃どのもともに逃げられるように手配いたしましょう」

美月はともかく、わしなどのために、ここまでやってくれるか。いや、これも美月を思ってのことであろう。

「ひとつだけ、確かめておきたいことが」

「なんでしょうか」

と、美月が聞く。

「その、あの……豊島どのと美月どのは……その、やはり……」

「結ばれていません」

と、美月が言う。

「と言うと」

「生娘の花びらは……散っていません……」

そう言うと、美月は恥じらうように頬《ほお》を赤らめた。

「私、なんてことを……」

「そうですか。生娘のままなのですね」

「はい。お殿様から逃げるとき、わざとそう言ったのです」

「隆之介どのと逃げている途中でも……その、なかったのですか……」

「洞窟で……」

「洞窟で」

「散らされる前に、追手が……」

「なんと、そういうことなのですね」

間垣の表情が和《なご》んでいる。とてもうれしそうだ。

「今日中に奥に入れるように手配します。それまでは身を隠していてください」

「では、高岡の家に……」

「それはどうでしょう。見張りがいるかもしれません。そうだ。ここにいてくださ
い」

「ここに……」

「そうです。ここは盲点でしょう」

そうしてくださいい、と言うと、間垣はふたりに家に入るように言った。

「間垣どの、大丈夫であろうか」

通された居間に落ち着くと、矢十郎はそう言った。

「えっ」

「いや、間垣どのが美月どのを見る目がちと気になってな」

「間垣様は、幼き頃よりの友です」

「しかし、美月どのはなんともそそるおなごであるからな」

美月が美しくすんだ瞳で矢十郎をにらみつける。

にらまれても、ぞくぞくしてしまう。

「殿方は矢十郎様のような御方ばかりではないのです。おなごと見れば、まぐわうことしか考えない、お殿様や矢十郎様とは違います」

「そうであればよいが」

「それに……」

「それに、なんだ」

「美月のことを思ってくださるからこそ、奥に入る手配をしてくださろうとしているのです。それがたとえ、罠《わな》でも……」

「罠でも……」

「罠でも、そこに飛びこまないと隆之介様と藤乃様に迫ることさえできません」

「そうであるな」

惚れられているとわかっていて、間垣が殿側の人間かもしれないと危惧《きぐ》しつつも、それに乗ろうとしている美月の度胸に、矢十郎は感嘆した。

さすが、藩主の寝間から逃げ出したおなごである。

美月となら、うまくいくような気がした。

五

昼すぎ、矢十郎と美月は葛籠《つづら》の中にいた。

藤乃が藩御用達《ごようたし》の呉服屋から反物《たんもの》や帯や櫛《くし》を買う日で、商品を抜き、代わりにふたりがそれぞれの葛籠に入っていた。

藩御用達の呉服屋からの葛籠ゆえ、あらためもなく、中に入った。

しかし、りっぱな葛籠である。毎月、買っているらしい。殿の寵愛を受けて、反物や帯を毎月買い、もしかして、藤乃は満足しているのかもしれない、と矢十郎は葛籠の中で、ふと思った。

わしが助けに来るのは、もしかして迷惑なのではないのか。

殿の手より奪い取るということは、藩を追われる暮らしがはじまるということになる。そのようなこと、藤乃は望んでいないのではないのか……。美月の勢いに感銘を受けてここまで来たが、間違った行動を取っているのかもしれない。

葛籠の動きが止まった。

蓋《ふた》が開く。

「まあ……」

藤乃がのぞきこんでいた。

「真に……あなた様が……」

「ふ、藤乃か……」

「はい」

藤乃が手を伸ばしてくる。矢十郎はそれをつかみ、起きあがった。

藤乃を目にした刹那より、矢十郎は勃起させていた。藤乃の肌は磨きがかかり、絖白く輝いていた。品のよい小袖を着ていたが、全身より濃厚な色香が発散していた。

もとより色香にあふれるおなごであり、それゆえ殿の目にとまったのであったが、格段におなごとしての、いや、まぐわうための牝《めす》としての格が上がっていた。

間垣の言葉が矢十郎の脳裏に浮かぶ。

――いや、藤乃どのは……もう、以前の藤乃どのではないかもしれません。

――とにかく、殿のご寵愛を受けていて……見るだけで……。

見るだけで勃起して、すぐにでもやりたくなる、と言いたかったのだ。

実際、矢十郎は勃起して、今すぐ押し倒したい衝動をずっと抑えていた。

美月の蓋を間垣が開いた。

「美月どの」

と、間垣が手を入れる。美月が間垣の手をつかみ、起きあがる。

「あら……」

藤乃が目を見張る。

美月は間垣が用意した小袖を着ていた。髷《まげ》は結わず、漆黒《しっこく》の髪を背中に流している。

そんな姿を間垣が惚れぼれするように見つめている。

ここは奥の藤乃の部屋であった。藩主が囲っているおなごすべてに、それぞれ部屋が与えられていた。

「矢十郎様、やっと藤乃を助けにいらっしゃったのね」

と、藤乃がなじるような目を矢十郎に向けてきた。色っぽくて、魔羅がひくつく。

「藤乃っ、すまなかったっ」

矢十郎はもう我慢できず、藤乃を抱き寄せると、その唇を奪った。

すると藤乃が抱きつき、舌をからめてきた。

「うっんっ、うんっ」

美月と間垣の前であったが、貪るような口吸いとなった。

「隆之介様は、どちらに」

と、美月の声がした。

「案内しましょう」

「ありがとうございます、間垣様」

美月があらためて、間垣に礼を言っている。

間垣の表情がわずかに歪んだ。やはり、これは罠なのだ。しかし、罠ゆえに、ここまで来られたのだ。ここからが勝負だ。

間垣が襖《ふすま》を開き、廊下を見わたす。

「こちらです」

と、右手を進む。奥の中はひっそりとしている。ここに、藩主の側女《そばめ》が二十人近く住んでいるとは思えない静けさだ。

廊下を進み、角で右手に曲がり、さらに奥へと進むと、

「ここです」

と言って、間垣が襖を開いた。

八畳ほどの部屋の奥に、座敷牢があった。そこに、道中着姿の男が正座していた。目を閉じている。瞑想《めいそう》しているように見えた。

「隆之介様っ」

と叫び、美月が中に入った。

隆之介と呼ばれた男が目を開いた。

「み、美月どのっ……どうしてっ」

「助けに参りました。さあ、逃げましょう」

鍵《かぎ》を、と美月が振り返った。間垣が懐から鍵を出し、美月に渡そうとする。

ありがとうございます、と美月が鍵を取ろうとすると、間垣が手を引いた。

「もっと感謝の気持ちが欲しい」

と、間垣が言う。

「感謝の……気持ち……」

「口吸いを」

と、間垣が言う。声が震えている。

「間垣さ、様……」

「ここで、隆之介どのが見ている前で、わしと口吸いを」

美月が隆之介を見やり、そして矢十郎を見る。

「間垣様……」

「わしは命をかけて、美月どのと矢十郎どのをここまで連れてきたのです。口吸いくらい……」

「しかし……」

「いやですか」

「そのようなことは……しかし……」

美月の美貌が強張《こわば》っている。このようなときなのに、美月が苦悩する表情に、矢十郎は見惚《みと》れてしまう。

「間垣様、感謝しています……その気持ち……受け取ってください」

と言うと、美月が間垣に美貌を寄せていく。

隆之介はふたたび目を閉じた。やめろとは言わない。

美月の唇が間垣の口に迫っていく。間垣の躰がぶるぶる震えはじめる。見返りに口吸いを望む男の震えには見えない。

美月の唇が触れようとしたとき、天井板が開き、

「そこまでじゃっ」

と、男の声がした。

矢十郎が、あっ、と見あげたときには、網を頭からかけられていた。忍びが使う、動けば動くほど躰にからまる網だ。

腰から大刀を抜く前に、網に腕を取られて、身動きできなくなる。完全に不意をつかれていた。なにより間垣と美月の口吸いに気を取られていて、まわりが見えていなかった。不覚だ。

美月も網に捕らわれている。間垣にはかかっていない。口吸いを要求したのも、隙を作るためだったのだ。藤乃は無事だ。呆然《ぼうぜん》としている。

黒装束の男がふたりと、そして藩主である彦一郎が飛び降りてきた。驚くことに、藩主が天井裏よりのぞいていたのだ。

「美月、待っておったぞ」

彦一郎が網に捕らわれた美月をうれしそうに見つめる。

美月は網越しに、藩主をにらみつける。

「そうだ。その目だ。そんな目でよをにらむのは我が藩ではおまえしかおらぬ」

網越しに、美月のあごをつかみ、顔を寄せていく。

「舌を出せ、美月」

美月は美しくすんだ瞳で藩主をにらんだままでいる。

「ほら、舌だ」

と、彦一郎が先に舌を出し、網の間から挿《さ》し入れていく。

なんとも情けない姿だ。このような男に、わしは仕えてきたのか。

美月が唇を開いた。舌を出していく。

出すな、という声が出ない。網に捕らわれた身ではどうすることもできないこともあったが、見ていたかったのだ……。

美月が藩主と舌と舌をからめる姿を。

「豊島っ、なに、目を閉じているっ。見るのだっ」

と、彦一郎が目を閉じたままの隆之介に命じる。が、隆之介は目を閉じたままだ。

彦一郎の舌と美月の舌が網の中で触れる。

彦一郎はなんとも情けない顔をしていたが、美月の横顔は、たまらなくそそった。

美月が唇を押しつけた。

「うんっ、うっんっ」

悩ましい声を洩《も》らし、彦一郎の舌を貪りはじめる。

「なんと……」

美月が藩主と交わす口吸いに、矢十郎は釘《くぎ》づけとなる。間垣も、忍びたちも引きつけられている。

「う、ううっ」

彦一郎がいきなりうなった。

美月がこちらを見る。

「嚙んだぞっ。殿の舌を嚙んでいるぞっ」

と、矢十郎が叫ぶ。

ふたりの忍びが動こうとしたが、

「動くと、嚙み切るぞっ」

と、矢十郎が脅す。彦一郎が泣きそうな顔で、動くな、と忍びたちを制する。

そんななか、間垣が鍵を持ち、座敷牢に迫った。鍵を挿しこみ、開く。

「豊島どの、さあ」

「よ、よいのか……」

隆之介は困惑の表情で間垣を見やる。

「はやくっ」

そう叫ぶと、腰より大刀を抜き、美月の網に向かって刃《やいば》を振った。

ひと振りで、網が裂かれる。間垣もかなりの遣《つか》い手だとわかる。そうでないと、容易には切れない網であった。

美月は網から自由となったが、彦一郎の舌を嚙んだままでいる。

座敷牢から隆之介が出てきた。間垣は矢十郎を捕らえている網も切る。自由になった矢十郎はすぐさま大刀を抜き、疾風のごとき太刀捌きで、続けざまにふたりの忍びを斬った。

ふたりの忍びが崩れると、ようやく美月が唇を引いた。

そしてすらりと大刀を抜くなり、峰に返しつつ、

「ごめん」

と、藩主の肩をたたいた。

彦一郎は恍惚《こうこつ》の表情で倒れていった。

「隆之介様っ」

と、美月が隆之介に抱きついていく。そして、自ら唇を重ねていった。

「う、うんっ、うんっ」

お互いの舌を貪るような口吸いを見せつける。

間垣を見ると、苦渋《くじゅう》の表情を浮かべている。

美月は隆之介から唇を引くなり、間垣に近寄った。そして、

「ありがとう」

と言うなり、間垣の口にもおのが唇を重ねていったのだ。

これには矢十郎は驚いた。あら、と藤乃も目を見張っている。隆之介は複雑な表情を浮かべている。

口吸いされた間垣はがくがくと躰を震わせている。

「うんっ、うっんっ」

美月はただ唇を重ねただけではなく、舌を挿しこみ、からめている。濃厚な口

吸いだ。

思えば、藩主、隆之介、そして間垣と続けて三人の男と舌をからめている。

この場で美月と口吸いをしていないのは、矢十郎だけだ。

なんてことだっ。

美月が唇を引いた。唾がねっとりと糸を引く。それを、美月が恥ずかしそうに啜《すす》った。

「ありがとう、美月どの。もう、この世に思い残すことはござらん」

さあ、こちらにっ、と間垣が先に立つ。

八畳間を出ると、廊下を進む。相変わらず静かだ。

「おなごたちはみな、夜伽《よとぎ》に備えて休んでいるのです」

と、間垣が言う。そうなのか、と矢十郎は藤乃を見る。藤乃がうなずく。

裏庭に出た。

「間垣どのっ、これはっ」

「あっ、豊島っ」

戸の前に、見張りの者がふたりいた。

間垣が大刀を抜き、迫ろうとしたが、その前に、美月が大刀を抜き、ふたりに迫っていった。

ふたりの藩士は美月に迫られ、ためらった。その隙をつき、美月は峰に返すと、右手の藩士の腕をたたいた。ぎゃあっと大刀を落とす。その肩をたたくと、すぐさま左手の藩士の額をたたいた。

ぐえっ、とふたり続けて顔面から倒れていった。

「美月どの……」

すさまじい太刀捌きを目の当たりにして、矢十郎は目を見張る。

「ここから出て、まっすぐ国境まで逃げてください」

裏庭の戸の前で、間垣が言った。

「間垣様もごいっしょに逃げましょう」

と、美月が言う。

「わしはよい。さきほども言ったが、もう思い残すことはない」

そう言って、美月の唇が触れたおのが口を、震える指でなぞる。

「しかし、このまま残ったら、間垣様のお命は」

美月が泣きそうな目で間垣を見つめる。

「ああ、わしはなんて幸せ者なのだ」

でもよいっ」

「美月どのがわしを案じて涙を浮かべておられる。それだけで、もう、いつ死んでもよいっ」

「間垣様っ、なりませんっ、死んではなりませんっ」

美月がふたたびみなの前で、間垣に抱きついていった。そして、またも唇を押しつけていく。

「間垣様……」

「うんっ、うっんっ」

間垣の口に舌を入れて、からめていく。

藤乃が矢十郎の手をぎゅっとつかんできた。美月と間垣の今生《こんじょう》の別れの口吸いを見て、矢十郎は昂っていた。藤乃を抱き寄せると、藤乃から唇を押しつけてきた。藤乃も昂っているのだ。

「うっんうんっ」

間垣と美月、矢十郎と藤乃が口吸いに耽《ふけ》るなか、ひとり隆之介だけが蚊帳《かや》の外であった。

第三章　なぞの刺客

一

三月《みつき》後——江戸《えど》——。

「さあ、おなごの師範代が、次々と道場破りを負かしている道場があるぞっ」

両国広小路《りょうごくひろこうじ》。喧噪《けんそう》のなか、読売の声が響きわたる。

「おなごの師範代といっても、どうせ醜女《しこめ》だろう」

と、そばに立つ男が大声で聞く。さくらである。

「それが驚くなっ。目が飛び出るようないいおなごなんだよっ」

「いいおなごって、本当かいっ」

さくらの声も読売に負けじと響きわたり、立ち止まる男たちが増えてきた。

「これさあ」

と、読売の一面を大きくさしあげる。

竹刀《しない》を構えるおなごの絵が大きく描かれている。凛《りん》とした表情が美しいおなごである。

「おうっ、いいおなごだっ」

と、集まった男たちが声をあげる。

「しかも、乳がでかいんだよっ」

「どうして、そんなことがわかるんだいっ」

と、さくらが聞く。

「のぞいたのさ。道場破りを打ち負かしたあと、井戸端で汗を拭《ふ》いているところをな」

「なんてことだいっ」

と、男たちがあきれたように叫ぶ。それでいて、目が光りはじめる。

「乳の汗を拭くところを、絵にしてあるぞ」

と、読売が紙面をたたく。

「中にあるんだなっ」

と、さくらが聞き、読売がうなずく。

「くれっ」

と、さくらが手を出すと、それが合図のように男たちが小銭を乗せた手を出してくる。読売が次々と捌《は》けていく。

そんななか、最初に買った男が紙面を開き、

「すげえっ」

とうなる。のぞこうとする輩《やから》を、てめえで買いな、と押しやる。

あちこちで、すげえ、と男たちが叫ぶなか、ひとりの武士が、

「そのおなごの名は」

と、読売に聞いた。

「名ですかい。みづき、ですよ。美しい月と書きます」

そう答えるなり、くれ、と読売を奪い取る。

「旦那《だんな》っ、おあしをっ」

武士は一朱銀《いっしゅぎん》を取り出すと、読売に渡す。

「釣りですね」

「いや、取っておけ」

と言うと、武士は竹刀を持つおなごの絵に見入る。

「ほう、似ておる。いや、そっくりだ」

と言うと、紙面を開く。武士の前に、井戸端で乳房を出して、手拭《てぬぐい》で拭っている絵があらわれる。

「ああ、美月どの……見つけましたぞ」

武士は長峰藩士、間垣孝道であった。


もうひとり、くれ、と読売を手にした男がいた。旅装束であった。ふたつ買い求めると、乳房が描かれた紙面を見た。

にやりと笑い、

「これは上様によい土産《みやげ》ができた」

とつぶやいた。


読売がすべて売りきれると、間垣は読売に近寄った。

「ああ、旦那、今さら釣りをよこせと言われても困りますぜ」

「このおなごがいる近藤《こんどう》道場はどこにあるのだ」

と聞きつつ、あらたに一朱銀を渡す。

「これはどうも。深川《ふかがわ》のはずれですよ」

「そうか」

深川のはずれか。そこなら、ひっそりと暮らせると思っていたのかもしれない。が、美月はよきおなごすぎた。こうして、読売のネタになってしまうほどの美貌《びぼう》なのだ。

美月ほどの美人が竹刀を振り、道場破りを次々と倒せば、いずれ江戸中の評判となる。

美月は自分がどれほど男の心を惑わせるのかわかっていない。

間垣は口を指で撫《な》でる。

三月前、美月と交わした口吸いのことを思うと、今だに心《しん》の臓がばくばくと鳴る。ただ唇と口を合わせただけではなく、舌と舌をからめ、唾《つば》と唾を混ぜ合わせたのだ。

豊島隆之介を逃がす手伝いをしたあと、城に残った間垣は、とうぜん死を覚悟していた。すぐさま打ち首になると覚悟していた。

それゆえ、死を前にしての美月との口吸いは躰《からだ》が震えるほどの喜びであった。

が、間垣はどうしてか生きながらえている。

――命をかけて、美月の許婚《いいなずけ》を助けるとはな。

間垣は藩主の前で、土下座をしていた。

――豊島隆之介とは幼き頃よりの友でございます。

――違うだろう。美月のために、命をかけたのであろう。

――豊島隆之介のためでございます。

――戯《たわ》けっ。おぬしは幼き頃より、美月を好いておったのだろ。が、許婚は豊島となった。それでいて、命をかけて豊島を助ける手伝いをするとは、そこまで美月に惚《ほ》れているのであるな。

――あっぱれである。

――必ず、美月を見つけ出し、よの前に連れてまいれ、それがおぬしのこれからの務めじゃ。

無類のおなご好きの藩主ゆえ、許婚がいながらも、美月への思いを断ちきれない間垣は、気に入られてしまった。

間垣はすぐに、美月を探す旅に出た。

そして三月が過ぎ、やっと江戸で美月を見つけた。

二

家斉は江戸城中庭の四阿《あずまや》にいた。そこに、ひとりの男が控えていた。

遠国《おんごく》お庭番である。家斉は吉宗《よしむね》のまねをして、遠国お庭番を使い、こうして、中庭の四阿で報告を聞くのが好きだった。

早翔《はやと》は半年ぶりである。西の諸藩の情勢を話していたが、どうも退屈である。あくびが出そうになったとき、

「上様、長峰藩でおもしろいことがありました」

と、早翔が言った。

「長峰藩……ああ、藩主の彦一郎がかなりのおなご好きであったな」

「はい」

「頼もしい藩主であるな。それが、どうした」

おなご好きだと評判は下がるものだが、家斉はそこを評価する。

「藩士の娘を登城させたのですが、寝間で逃げられたのです」

「なんと寝間で……逃げられた……」

「はい。太腿《ふともも》で首を絞められ、藩主は落とされ、目を覚ましたところを大刀で脅され、馬を用意させて、裸で逃げたそうなのです」

「なにっ、裸で馬で逃げただとっ」

家斉が目を見張る。すっかり眠気が収まっている。目が爛々《らんらん》と光りはじめる。

「はいっ。裸で、馬で、逃げました。しかも、登城させるほどのおなごですから、目を見張るような美貌のうえに、なかなかの巨乳であると」

「美貌で巨乳か。それでいて、藩主を太腿で落とす度胸もあるのか」

「なかなかの剣の遣《つか》い手らしく、剣術大会で決勝まで残ったそうです。そこで、藩主が見初《みそ》めたらしいです」

「ほう、そうか。それで、逃げおおせたのか」

「おなごには許婚がおり、許婚とともに脱藩したのですが、許婚は捕らえられたのです」

「そうか」

「が、その許婚を奪還しに、城に戻ったのです」

「なんとっ」

「藩主と口吸いをし、舌を嚙《か》み切ると脅し、その隙《すき》を見て、またも逃げたようなのです」

「いやあ、すごいな」

「そのおなごが今、江戸におります」

と言って、早翔が懐《ふところ》から読売を出し、家斉にさし出した。読売を手にした家斉は一面を見る。

「ほう、なかなかの美形であるな。凛としておる。このおなごが裸で馬に乗って逃げたのだな」

「はっ。めくってください。中に乳が」

「乳かっ」

と、家斉は紙面をめくる。すると、井戸端で乳を手拭で拭っているおなごの姿が描かれていた。

「ほう、会いたいな」

「呼びつけますか」

「いや、城に呼んだら、大奥にいる他のおなごと変わらなくなる。ただの人形になってしまう。まぐわい人形はもう飽きた。野生のままがよいな」

「野生のまま、でございますか」

「そうだ。よが見に行こう。手配せえ」

と、家斉は言った。


同じ頃——間垣は深川のはずれの近藤道場にいた。物見窓の前は、かなりの人だかりとなっていた。

「師範はおらぬかっ」

ひとりの男が入口で大声をあげた。

道場では二十人ほどの門弟が稽古《けいこ》をしていた。竹刀の音が止まる。

「師範はおらぬかっ」

「どのような御用で」

と、入口の近くにいた門弟が尋《たず》ねた。

「師範とお手合わせねがいたい」

「また道場破りだぜ。これで、今日は三人目か」

「みんな、美月様狙《ねら》いだよな」

間垣のそばで見ている町人のふたりがそう話している。

美月様。

奥で門弟相手に竹刀を振っていたおなごが、こちらに向かってくる。

「美月どの……」

三カ月ぶりに見る美月は、凜とした美貌に磨きがかかっていた。

江戸の水に磨かれて、田舎者の間垣など、口さえきけないような神々《こうごう》しいまでの美しさにあふれていた。

「師範は今、病で伏せっておりますゆえ、師範代の私、高岡美月がお相手いたします」

高岡……まだ高岡姓を名乗っているのか。豊島隆之介とはまだ婚姻はしていないのか。

間垣の胸が昂《たかぶ》る。

「おなごか……まあ、よい……」

「美月様狙いのくせして」

と、隣の町人が言う。

道場破りが中に入る。男は浪人であった。髷《まげ》は結わず、総髪である。

それを見て、矢十郎とかいう浪人者も江戸にいるのだろうか、と間垣は思った。

藤乃とともに逃げている。

竹刀を手に、美月と道場破りが向かい合う。稽古着姿で竹刀を構える美月の姿は、惚れぼれするように美しかった。

わしはあのおなごと口吸いをしたのだっ。

舌をからめ、唾をからめ合ったのだっ。

まわりの町人たちに自慢したい衝動に駆られる。が、誰も信じないだろう。

竹刀を構え、向かい合ったが、どちらも動かない。浪人の腕が震えはじめる。

向かい合って、美月の技量を知ったのだろう。恐らく、逃げ出したいはずだ。

「さあ、いらっしゃい」

と、美月が言う。

「はやく行けよっ」

と、見物人たちが、はやしたてる。

浪人がたあっと迫っていった。面っ、と美月の美貌めがけ、竹刀を振っていく。

一瞬、面が決まったかと思ったが、違っていた。美月はぎりぎりで避けるなり、がら空きの胴を竹刀で払っていた。よろめいた浪人の後頭部を、ぱしっと打つ。

ぐえっ、と浪人は顔面から倒れていった。

美月が浪人に向かって頭を下げる。

「さすが、美月様だっ」

と、間垣の隣の町人が叫んだ。

美月がこちらを見た。一瞬、目が合った気がした。間垣は菅笠《すげがさ》をかぶっていたが、逆にそれで目立ったかもしれない。

美月が一瞬、あっ、という表情を浮かべた気がした。

その刹那《せつな》、間垣の躰に雷に打たれたような衝撃が走った。一瞬で、勃起させていた。それには驚いた。

三月前、死を覚悟して城で美月と別れてから、勃起したことなど一度もなかったからだ。それが、目が合ったと思っただけで大きくさせていた。

美月は稽古に戻った。浪人は門弟たちの手で道場の外に放《ほう》り出された。

門弟たちと稽古に励む美月を、間垣は瞬《まばた》きすら惜しんで見つめていた。

三

「入ります」

壺振《つぼふ》りのお藤《ふじ》が、両手を上げる。右手には壺、左手には賽子《さいころ》。

小袖《こそで》は諸肌《もろはだ》脱ぎで、腋《わき》の下があらわになっている。そこに和毛《にこげ》はない。矢十郎が剃《そ》らせているのだ。

豊満な乳房も半分露出し、今にも乳首がのぞきそうだ。

客人たちはみな、息を呑《の》んで藤乃の腋を見ている。

汗ばんだ腋の下が、蠟燭《ろうそく》の炎を受けて、妖《あや》しく絖光《ぬめひか》っている。

壺に賽子を放りこみ、藤乃が盆茣蓙《ぼんござ》に伏せる。

「さあ、丁方ないかっ、半方ないかっ」

中盆の声が賭場《とば》に響く。ずらりと並んだ客人が、それぞれ、丁、半と張っていく。

矢十郎は賭場の隅で、藤乃を見て、股間をむずむずさせている。

美月や隆之介、そして藤乃とともに江戸に入ってから、もう三月が過ぎていた。

以前新井宿で賭場の用心棒をやっていた矢十郎は、江戸でもすぐさま賭場の用心棒の仕事を見つけ、しかも、そこに壺振りとして藤乃も送りこんだ。

藤乃なら、受けると思ったからだ。実際、彦一郎のもとでおなごとしてさらに磨きあげられた藤乃は、すぐさま賭場の華となった。

胡蝶をならい、腋の和毛を剃った姿も喜ばれた。

「グニの半っ」

駒札があちこちを移動する。

長峰藩を逃れ、街道を江戸まで逃げる間、矢十郎は夜になれば必ず藤乃とまぐわっていた。が、美月と隆之介がまぐっている気配はなかった。

江戸に入る前、矢十郎は美月に聞いていた。

——豊島どのとは、結ばれているのであろうな。

すると、美月は悲しそうにかぶりを振った。

——まだです。

——江戸でりっぱな仕事を持ち、晴れて夫婦《めおと》になった暁《あかつき》に、結ばれようと言っています。

——そうか。

江戸に来て三月、美月と隆之介は矢十郎が見つけた裏長屋に住んでいる。隣どうしだ。

矢十郎は隆之介にも用心棒の仕事はどうかと勧めたが、堅物《かたぶつ》の隆之介は首を縦に振らなかった。

長峰藩ではりっぱな藩士であったが、禄《ろく》を失えば、ただの役立たずとなる。隆之介は矢十郎のように清濁併《せいだくあわ》せ呑むことができず、仕官の道を探している。今どき、そのような話はない。しかも、隆之介は藩主が呼び寄せたおなごとともに、脱藩しているのだ。

堅物の浪人に仕事などなく、今は日傭取《ひようと》りをやっている。船荷の積み下ろしだ。ふたりはまだ夫婦になっていない。四畳半の狭い部屋にふたりで住みつつ、しかもお互い好いているのに、まぐわっていないのだ。

美月のほうは、剣の腕が衰えることを恐れ、深川のはずれの道場に通い出した。すると、すぐに頭角をあらわし、あれよあれよという間に師範代にまでなり、その美貌が噂《うわさ》となって、名を上げたい道場破りが次々と門をたたくが、ことごとく打ちのめさせられて、ますます美月は評判となっていた。

ついに読売にも取りあげられている。彦一郎の息がかかった者に、美月が見つかるのも間近に違いないと思った。

彦一郎は必ず美月を見つけ出そうとしているはずだ。美月のようなおなごを忘れることはできないだろう。太腿で首を絞めて落とし、次は口吸いの途中で舌を噛んで動きを止めたのだ。

必ずまぐわうと執着しているはずだ。

「入りますっ」

と、藤乃が両腕を上げる。右の乳首がちらりとのぞいた。

客人たちがみな、目を見張っている。矢十郎も下帯《したおび》の中で、魔羅《まら》を暴れさせていた。


「ただいま、戻りました」

権兵衛《ごんべえ》長屋の木戸をくぐると、井戸端に下帯だけの隆之介がいた。汗を拭っている。

すでに日はとっぷりと暮れて、月明かりが隆之介の筋骨隆々《りゅうりゅう》とした上半身を浮かびあがらせている。

美月の胸が熱くなる。隆之介はここひと月ばかり、日傭取りの仕事をしていた。力仕事だ。それゆえ、ただでさえ鍛え抜かれた躰が、さらにたくましくなっている。

胸板がさらにぶ厚くなっている。ふと、顔を埋《うず》めたい、という衝動に駆られる。

「おう、遅かったな」

「すみません……また道場破りが続いてしまって……」

今日は三人もの道場破りと竹刀を合わせていた。みな、たいした腕ではなく、なんなく倒すことができていた。

とは言っても、真剣勝負だ。敗れたら、一気に道場の評判は落ち、門弟たちは去ってしまう。なにより、やっぱりおなごには師範代は無理だな、と思われてしまうのがいやだった。

美月は師範代に指名してくれた師範の近藤剣山《けんざん》のためにも、敗れるわけにはいかない。

「お背中、お拭きいたしましょう」

と言って、美月は寄っていく。

「すまないな。疲れているだろうに」

「いいえ。隆之介様こそ、お疲れでしょう」

手拭を受け取り、桶《おけ》に汲《く》まれた水に浸すと、軽くしぼり、隆之介の背中を見る。

汗ばんだ背中はなんとも広い。たくましい。

美月は思わず顔を押しつけていった。

「美月どの……」

汗の匂いに包まれる。一日、力仕事をした男の汗の匂いだ。

「今日、間垣様を見たような気がします」

と、美月は言った。

「間垣どの……生きていたのか……」

「はい」

「それはよかった。首を落とされずにすんだのであるな」

「はい……」

美月のことを思い、美月を助けるために、命をかけた間垣。

幼き頃より、好かれているとは思っていたが、あそこまで私のことを思ってくれていたとは。せめてものお礼として、口吸いをした……が、そのことで、どうも隆之介との間が気まずくなっていた。

矢十郎たちと逃げて、三月になるが、いまだに結ばれてはいない。

江戸でりっぱな仕事につき、生計を立てられた暁に夫婦になりたい。そのとき、晴れて結ばれたい、と言っているが、日傭取りの仕事から抜け出せていない。

美月からすれば、日傭取りでも構わないと思っているのだが、隆之介は美月を抱かない。

きっと間垣のことが、間垣との口吸いが、隆之介の頭にあるのだ。

隣には矢十郎と藤乃夫婦が住んでいる。賭場から戻ると、必ずまぐわっていた。裏長屋の壁は薄く、藤乃のよがり声が聞こえてくる。

——魔羅、いいっ。矢十郎様の魔羅、いいのっ。

——ああ、いくいく、いくいくっ。

いまわの声をあげると静かになる。そのまま眠っているようだ。いく、というのはそんなに心地よいものなのか。すぐにぐっすり眠れるようなものなのか。

美月も隆之介も寝つきが悪い。特に隆之介は夜ごと厳しい顔で天井をにらんでいる。

まぐわえば、いけば、出せば、ぐっすり眠れるのではないか……。

「間垣にあの道場がばれてしまったのであるな」

「やめたほうがよいでしょうか」

「ならぬ」

と言って、隆之介がこちらを見た。どきりとする。

「せっかく師範代にまでなったのだ。幼き頃よりの、剣の腕が役に立っているのだ。やめてはならぬ」

「でも、間垣様は恐らく、お殿様の命で私を探しているのではないでしょうか」

「そうであろうな。そのために生かしているのであろう」

「隆之介様……」

美月は正面から隆之介に抱きついていった。ぶ厚い胸板に顔を埋める。

隆之介も抱きしめてくれる。

ああ、このまま、まぐわいを……いっていかせて、いかせていって……束《つか》の間の安寧《あんねい》を……。

四

「あら……」

と、左隣の女性《にょしょう》の声がした。多恵《たえ》という。後家のひとり住まいである。

隆之介がさっと美月から手を引いた。

「あとは、わしが拭くから……美月どのは休むがよい……」

と言って、自ら手拭を手にして躰の汗を拭きはじめる。

「邪魔したかね。あたいなんかに遠慮はいらないよ。さあ、さあ……」

美月は立ち去らず、もじもじしている。

「下帯を取って、魔羅を拭いてあげるのよ、美月様」

と、多恵が言う。

美月がなにもしないでいると、

「世話のかかるお武家様だねえ」

と言いつつ、こちらにやってくる。そして、ごめんなさい、と言いつつ、隆之介の下帯に手をかける。

「あっ、なにを……」

隆之介が驚いていると、多恵は慣れた手つきで、瞬《またた》く間に下帯を取った。まさに、電光石火であった。

魔羅があらわれた。すでに半勃《だ》ちであったが、美月と多恵を前にして、ぐぐっと反っていく。

「あら、いやですわ、豊島様。りっぱなものをお持ちですね」

多恵の目が光る。

「さあ、拭いてあげなさい、美月様」

と、多恵が隆之介から手拭を取り、美月に渡す。

美月は多恵に促されるまま、手拭で魔羅をつかんだ。

「あっ……」

隆之介と美月がともに声をあげる。

「ああ、手拭じゃもどかしいわよね、お口で……経験あるんでしょう、美月様」

と、多恵が言う。

「えっ……そ、それは……一度……」

脱藩したとき、岩倉山の洞窟で舐《な》めたことがある。でも、あれは尺八《しゃくはち》とは言えない気がする。ただ、ひたすら我慢の汁を舐めただけだ。そのうち、昂った隆之介が押し倒してきたのだ。

「たった一度かい」

「先っぽだけを、舐めました……」

どうして多恵に正直に話してしまうのか。

「あらま。ふたりは好き合っているんでしょう」

と、多恵が聞く。

隆之介も美月もうなずく。

「じゃあ、ぱくっといきなさい。こういうときはおなごのほうからぱくっといくとことが進むのよ、美月様」

と、多恵が言う。

「ぱ、ぱくっ……と……」

どろりと我慢の汁が出てきた。

「隆之介様、我慢なさっているのでしょう」

と、美月は問う。

「いや、そのようなことはない……」

「間垣様との口吸いを……気になさっているのですか」

「あら、なに、間垣様って……えっ、豊島様の前で、他の殿方と口吸いをしたのかしら……あらま。美月様も清楚《せいそ》な顔をして、隅に置けないわね」

「違うのです……」

さらに我慢汁が出てくる。こういうときは、おなごからぱくっと……そうだ。待つだけでは……おなごのほうからも……。

美月は顔を寄せるなり、ぱくっと鎌首《かまくび》を咥《くわ》えた。

「あらっ」

「ううっ……」

隆之介がうめく。咥えたのはよいものの、ここからどうしてよいのかわからない。

「吸うのよっ、美月様っ」

多恵に言われ、美月は咥えた鎌首を強く吸う。

すると、ううっ、と隆之介がうめき、腰を震わせる。

痛いのか、と美月はあわてて唇を引く。

美月の鼻先で、さらにひとまわり太くなった魔羅がひくついている。そして、あらたな我慢汁がどろりと出てくる。

「どうして、やめたの。豊島様、喜んでいるじゃないの」

「喜んでいるのですか。痛いと思って」

「痛いわけないでしょう。ねえ、豊島様」

と、多恵が隆之介に色目を使う。すると、さらに魔羅がひくついた。

「あら、私にも脈があるのかしら」

「なりませんっ」

と、美月はあわてて鎌首を咥える。そしてくびれで唇を締めて、強く吸う。

「あうっ、うう……」

さらに我慢汁が出てくるのがわかる。苦いが、おいしい。

「そのまま、もっと咥えていくのよ、美月様」

と、多恵が指南する。美月は咥えたままうなずき、反り返った胴体を咥えこんでいく。

「うう、うう……」

隆之介の腰の震えが大きくなる。見あげると、苦悶《くもん》の表情を浮かべている。

やはり、痛いのではないのか。武士として痛がるところは見せられないから、痛みに耐えているのではないのか。

「もっと奥まで」

と、多恵が言う。美月は隆之介を案じるように見あげながら、さらに深く咥えていく。

「ああ、なんて目で見つめているの……ああ、おなごの私でもどきどきするわ」

と、多恵が声を上擦《うわず》らせる。

どんな目で私は今、隆之介様を見つめているのだろうか。

「う、ううっ」

隆之介が腰を引きはじめる。やはり痛いのか。痛みを我慢できなくなったのか。

「だめっ、出しちゃだめっ。出るわよっ」

出しちゃだめなのに、出るわって、なにっ。

どういうことですか、と美月は多恵を見る。その間に、魔羅が唇から抜け出た。

「だめっ」

と叫ぶなり、多恵が隆之介の魔羅を咥えた。その刹那、

「おうっ」

と、隆之介が叫んだ。

「えっ、なにっ」

目の前で多恵が隆之介の魔羅を咥えたのには驚いたが、すぐに隆之介が雄叫《おたけ》びをあげたのも驚いた。

「おう、おうっ」

隆之介が吠《ほ》える。腰を激しく痙攣《けいれん》させている。そんななか、多恵は魔羅を咥えたままでいる。

隆之介の雄叫びに驚き、次々と権兵衛長屋の住人が顔を出してきた。

「えっ、なに。どうして、お多恵さんが豊島様の魔羅を咥えているんだいっ」

「おいおいっ」

あちこちから驚きの声があがる。

ようやく、隆之介の腰の震えが止まった。

「ああ、すまない……お多恵さん……なんという不覚……口に出すとは」

「口に、出す……」

多恵の口に、精汁を出したのか。

「さあ、口を引いて、ここに出してください」

と、隆之介が桶をさし出す。

すると、多恵が唇を引いていく。魔羅があらわれる。どんどん萎《な》えていく。

「さあ、吐いて」

多恵は唇を閉じると、かぶりを振り、ごくんと喉を動かした。

「まさか、飲んだのかっ、お多恵さんっ」

と、隆之介が驚愕《きょうがく》の声をあげる。

「ああ、豊島様がお出しになったものを吐くなんて、そんな罰当《ばちあ》たりな。お武家様の精汁をいただけるなんて、こんなこと、一生に一度あるかどうかですよ」

と、多恵が言い、そうだそうだ、とまわりの住人が声をあげる。

「ああ、なんてことだ……なんたる不覚……」

「続きは中で、やってくださいな」

と、多恵が言う。

「つ、続き……」

「そうですよ。一発出したくらいで終わりはないでしょ。夜はこれからですよ」

さあさあ、と多恵が隆之介と美月の背中を押した。

五

「師範代の私、高岡美月がお相手しますっ」

「待ってましたっ」

と、物見窓に集まった町人から声がかかる。

これは歌舞伎《かぶき》だな、と家斉は感心する。隠居した通人というなりをしている。早翔はお供している使用人というなりだ。

家斉はひと月ぶりに城を出ていた。たまに、子飼いのお庭番に頼んで外に出してもらう。吉宗は頻繁《ひんぱん》に市中に出て、暴れていたという噂を聞いている。

家斉も吉宗にならっていた。まあ、家斉は主におなご見学で、吉宗のように事件を解決したりはしなかったが。

しかし、なんという美しいおなごなのか。

稽古着姿が美しい。私がお相手します、と竹刀を構えた姿が美しい。

向かい合うと、さっきまで威勢のよかった道場破りが震えはじめている。力の差がわかるのだろう。

なかなか道場破りが踏み出していかない。

「美月様を前にして、怖《お》じ気づいたのかいっ」

物見窓の集まった町人のひとりがそう叫ぶ。

「ばかな、相手はおなごだ」

「じゃあ、やっつけろよっ」

町人に背中を押され、道場破りがたあっと美月に迫っていく。

道場破りの竹刀が一気に迫る。

おいっ、大丈夫かっ、と案じたが、杞憂《きゆう》にすぎなかった。

ぱしっと音がして、気がついたときには、道場破りは大の字に倒れていた。

「お見事っ、美月様っ」

なんとよきおなごなのだ。奥に上がってくるおなごたちとはまったく違う。

城に呼びつけた長峰藩主の気持ちがよくわかる。このおなごを見たら、まぐわいたい、呼び寄せたい、と思うのは、当たり前のことである。

半刻《はんとき》（一時間）ほど後、家斉は早翔の案内で、道場の裏手がのぞける大木によじ登っていた。

ふだんならまぐわい以外で体力を使うことはないのだが、美月の乳がのぞけるなら、喜んで大木でもよじ登れる。

——さすが、上様でございますな。

と、ともに登った早翔に褒《ほ》められ、そうであろう、と胸を張る。

井戸端では五人ほどの門弟たちが稽古着を諸肌脱ぎにして、汗を拭っている。

男の裸など見たくもない。

「まだか」

「今しばらくお待ちください」

「真《まこと》に、美月の乳が拝めるのであるな」

「それは、間違いございません」

汗を拭っていた門弟たちが、井戸端から去っていく。

家斉の心の臓が高鳴る。このようなこと、城の中にいては味わえない。こんな気持ちになりたくて、吉宗は市中にちょくちょく出ていたのだろう。気持ちはよくわかる。

美月があらわれた。おなごゆえか、師範代だからか、ひとりだ。

片肌脱ぎとなる。あらわになった右の二の腕に、家斉はどきりとする。おなごの二の腕を目にしただけで、こんなに昂るとは。

井戸に桶を投げ、引きあげる。

そして、桶の中の水に手拭を浸すと、軽くしぼる。そして、首すじの汗を拭いはじめる。

「上げろ、腕を上げろ。腋だ、腋」

思わず、そう口にする。

すると将軍のねがいが通じたのか、美月があらわな右腕を上げた。

腋のくぼみがあらわれる。道場破りを相手にして汗ばんだ腋の下だ。和毛が貼《は》りついている。

「ああ、なんとそそる腋の下であるのか」

できれば、そばでじっくり見たいが、それは叶《かな》わない。将軍のよでも叶わぬことがあるのか、となぜかうれしくなる。

美月が二の腕の内側から腋のくぼみにかけての汗を拭っている。

そして、稽古着を諸肌脱ぎにした。

乳が見られるかと思ったが、違っていた。晒《さらし》で乳を巻いていた。

「晒か……どうにかならんか、早翔」

「お待ちください」

早翔は余裕の顔である。なにか策があるようだ。美月が晒を取る策が。

井戸端に三人の男たちが入ってきた。門弟ではない。

美月は諸肌脱ぎのまま、井戸に立てかけていた大刀を鞘《さや》ごとすばやくつかみ、すらりと抜く。

それを見て、三人の男たちも大刀を抜いた。みな髷は結ってはいたが、どこか崩れた雰囲気がある。

「長峰藩の手の者かっ」

と、美月が問う。

「長峰藩……そうか、あれは藩主がよこした者か」

美月を捕らえに来たのか。

右手の男が前に出た。美月に向かっていく。すると、正面の男も美月に向かう。

「ふたりがかりか……ちと卑怯《ひきょう》ではないか」

美月が右手の男の刃《やいば》を額の前で受けた。ぎりぎりと鍔迫《つばぜ》り合いとなる。美月の腕はほっそりとしていたが、力負けはしない。

すると、正面の男が斬《き》りかかった。

まずいっ、と思ったが、違っていた。

正面の男は美月を斬るには斬ったが、晒だけを器用に切っていた。

乳房を巻いていた晒がぱくっと開き、乳に押しやられるように落ちていった。

「なんとっ」

家斉はうなった。

美月の乳房があらわになったのだ。想像以上に豊満で、なんとも美麗なお椀形《わんがた》であった。

乳首はやや芽吹いている。淡い桃色である。

美月が鍔迫り合いの男を押しやった。そしてすぐさま、乳房をあらわにさせた男に刃を向けていく。

男は下がったが、美月は乳房を弾ませ、たあっと斬りかかる。

男はぎりぎり刃を受けた。美月はすぐさま刃を引き、疾風《はやて》のごとき太刀《たち》捌《さば》きで腕を狙う。

「ぎゃあっ」

腕を斬られた男が叫ぶ。

すると、その声を聞きつけた門弟たちがなにごとかと井戸端に駆けこんできた。

「これは……あっ、美月様っ」

門弟たちは腕を斬られた男に驚き、そして美月の乳房に目を見張る。

みな、美月が三人の男を相手にしていることをしばし忘れて、美麗なお椀形の乳房に見入っている。

家斉も同じだ。

大刀を振るたびに弾む乳房。男の腕を斬ったときに昂ったのか、一気に乳首がとがっていった。

なんてことだ。この世に、こんなに美しくも、そそるものがまだあったとは。

「長峰藩の者かっ」

と、大刀を構え、残りのふたりに問う。

ふたりは大刀を構えたまま答えない。

美月は門弟たちが見ているにも構わず、あらためて乳房を弾ませながら、右手の男に迫っていく。

男は美月の気迫に圧倒されていた。

「お殿様の命を受けたのかっ」

問いつつ、美月が右手の男に迫る。

男が斬りかかってきた。袈裟《けさ》がけを見切って避けるなり、美月は一歩踏み出し、男の腹を斬った。

「ぎゃあっ」

ふたり目の男が倒れていく。腕を斬られた男はすでに逃げていた。

門弟たちは竹刀しか手にしていないこともあったが、助太刀することなく、乳房を弾ませ真剣勝負をしている美月に見入っている。

「お殿様に伝えろ。私は豊島隆之介の妻だ。隆之介以外の魔羅は入れさせぬっ」

と叫び、三人目の男に一気に迫る。

すさまじく美しい瞳で、相手をにらんでいる。よもあんな目で美月ににらまれてみたい、とふと思い、ぞくぞくする。

「許婚がいるのだよな」

「はい。ともに逃げております」

「毎晩、まぐわいまくっているのだろう。豊島隆之介、なんともうらやましい男だ」

「それがそうでもないようなのです」

「どういうことだ」

「きちんとした仕事についてから晴れて夫婦になると、豊島は言っているようなのです」

「なんと。あの乳がそばにありながら、やっていないのか。手を出していないのかっ」

「そういうことになります」

　三人目の男は美月に迫られ、逃げていった。

「美月様っ」

　と、門弟たちが美月に近寄る。そばで乳を見たいのであろう。よも見たい。汗ばんでいるゆえ、汗の匂いも嗅《か》げるはずだ。いったいどんな薫《かお》りであろうか。

　奥のおなごでは嗅げない野生の薫りかもしれぬ。

　美月が乳まる出しのことに気づいたのか、急に頬《ほお》を赤らめ、両腕に袖を通していく。恥じらう姿もそそる。

「あの三人、おまえがしこんだな」

「おわかりになりますか」

「ああ、長峰藩主が送りこんだにしては、殺意があったな。藩主は美月を捕らえたいだけで、殺したくはないはず。が、殺意なしに斬りかかっても、相手をする美月の素晴らしい姿を見ることはできない。真剣勝負だから、美月は輝いていたのだ。乳もそうだ。正面の男に、まずは晒を切って乳を出せ、と命じていたな」

「さすが、上様。ご明察です」

早翔。なかなかできる男だ。気が利く男だ。よのことをよくわかっている。

「しかし、あのおなごとともに寝ながら、手を出さない豊島隆之介にも興味が湧《わ》いてきたな。よとは正反対な男だ」

「そうですね」

「早翔、もしや美月は生娘《きむすめ》か」

「恐らく……」

「ほう、生娘か。許婚が手を出さず、長峰藩主も袖にされ……花びらは残ったままなのか」

家斉の目が光る。

「よいものを見せてもらったぞ。美月は使えるな」

「はい」

「また、こういうものを見たいな」

「陰働きをさせたら、いかがでしょうか」

「陰働きか……」

「はい。美月を奥に呼ぶつもりはないのでしょう」

「ないな。奥でまぐわっても、つまらない。美月は江戸市中で戦ってこそ映えるおなごじゃ」

「そうですね」

「よかろう。よの手足となって働いてもらおう。定信《さだのぶ》を失脚させて寛政《かんせい》の改革を終わらせたのはよいのだが、締めつけがなくなったことで調子に乗って、悪さをする輩が増えているようだからな。そのような輩を一掃《いっそう》しないと江戸の民に不満が出てくるからな」

「そうですね。それに、美月が裸で馬に乗るところも見られるかもしれません」

「そうだなっ。死ぬまでに見たいぞっ」

家斉の目は爛々と輝いていた。城中では見せない目の光であった。

六

「今日、井戸端で汗を拭っていると、三人の刺客があらわれました」

「刺客……」

美月は寝床にいた。隣に隆之介がいる。今宵《こよい》も手を出してこない。

今宵、美月の躰は疼《うず》いていた。真剣勝負をしたからだ。昨晩目にした、たくましく反った隆之介の魔羅が無性に欲しい。それで生娘の花びらを散らし、奥まで塞《ふさ》いでほしい。

でもそんなこと、口が裂けても言えない。

「刺客とは物騒な。間垣どのが送ってきた者たちではないのか、美月どのを捕らえるために」

「最初はそう思いました。でも、殺気を感じたのです。峰に返すことなく、斬りかかってきました」

「峰に返さずにか……」

「はい。それに、不思議なことがあったのです。最初、右手の男が斬りかかり、鍔迫り合いとなりました。すると、正面の男が斬りかかってきたのです」

「卑怯な」

「そう思いました。危ないと思いました。でも、切られたのは晒だったのです」

「晒……胸もとのか」

「はい。晒を切られ、晒は落ちました」

「乳を……狙ったのか」

隆之介が起きあがった。寝巻姿の美月を見つめる。明かりは点《つ》けていなかったが、腰高障子には穴が無数にあり、そこから数えきれないくらいの月明かりが射《さ》しこみ、美月を浮きあがらせていた。

「はい。乳を狙ったというか、乳を出したかったというか」

「でも、殺気を感じたのであるな」

「はい。だから、不思議なのです。あのとき晒だけではなく、乳も斬れたと思うのです。三人とも、それなりの腕はありました」

「わからぬな」

「はい。それに……」

「それに、なんだ」

隆之介が顔を寄せてくる。ああ、口吸いを……乳を……つかんで……揉《も》んでくださいませ……。

美月は思わず熱い目で隆之介を見あげる。

藩を出て洞窟で抱き合ったときも、かなり昂っていた。

あれ以来の躰の昂りである。

「どこからか、見られているような気がしたのです、乳を……」

「乳を……か……」

隆之介が美月の胸もとに目を向ける。豊満ゆえに、仰向《あおむ》けになっていても高い隆起がわかる。

「それも恐ろしく強い視線というか……ただ者ではない視線というか」

「ただ者ではない視線……まさか、殿が江戸に来ているのか。人を使って乳を出させ、それをどこかからのぞいていたのか」

「まさか……」

「まさかであるよな。殿はすでに美月どのの乳を見ている……乳……乳か」

「お殿様ではないと思います。そこまでして乳を見たいのなら、捕らえればよいだけです。それに殺気を感じましたから」

「では、誰か他の者が美月どのの乳を……見たがって、人を使って乳を出させ、それを見ていたというのか」

「恐らく……」

「ううむ」

隆之介がうなる。

お乳を……ああ、隆之介様、美月のお乳を……。

「ああ、いいっ、もっと強くっ、お乳を揉んでくださいっ」

いきなり、隣より藤乃の声がした。

「乳……」

美月も隆之介も、お乳という言葉に反応した。

「ああ、もっと、藤乃のお乳、めちゃくちゃにしてくださいっ」

めちゃくちゃ……。

美月の躰がさらに疼く。思わず胸もとを抱くような動きを見せる。

すると隆之介がその手をつかみ、脇にやった。思わぬ強い力を感じた。

「隆之介様……」

隆之介は無言のまま、寝巻の前をはだけていった。

いきなり、たわわなふくらみがあらわれる。

「揉んでっ、もっと強くっ」

と、隣から藤乃の声がする。その声に背中を押されるように、隆之介が美月の乳房を両手でつかんできた。ぐっと揉みこんでくる。

「はあっ、ああ……」

乳首が押しつぶされ、美月は思わず甘い喘《あえ》ぎを洩《も》らす。

「美月どの……」

隆之介はこねるように、たわわなふくらみを揉んでいる。

「あ、う、うう……」

「痛むか」

と、隆之介が揉みこむのをやめる。が、手は乳房から引かない。

「いいえ……も、もっ……と……」

恥を忍んで、もっとと言ったが、その声も藤乃の、

「魔羅、くださいっ。もう魔羅でいきたいのっ」

という声にかき消されていた。

だから隆之介には、もっと、という美月の声は聞こえず、痛む、と思ったのか、乳房を揉む力を弱めた。

「いいっ、魔羅、いいっ」

藤乃のよがり声が聞こえてくる。毎晩、毎晩、圧倒される。私も藤乃みたいによがりたい。我を忘れて獣になりたい。

隆之介の目の色が変わった。と思った刹那、寝巻を脱ぎ、下帯を毟《むし》り取った。弾《はじ》けるように魔羅があらわれる。

ああ、ついに隆之介様も獣になるのかっ。いいわっ、来て。入れてっ。よがらせて、隆之介様っ。

隆之介が無言で美月の両足をつかんだ。ぐっと開くと、魔羅の先端を剝《む》き出しの割れ目に向けてくる。

ちょうど月明かりが当たり、割れ目だけ、入れてください、と浮きあがっている。

「いい、いいいっ、いきそうっ」

藤乃のよがり声が、隆之介の背中を押す。

先端を割れ目に押しつけた。

ああ、ついに、と思った刹那、腰高障子が倒れてきた。

七

隆之介がすぐさま床の横にある大刀を鞘ごと取り、振り向きざま抜いた。

ひとりの男が隆之介の背中に斬りかかってきていた。

隆之介はそれをぎりぎり受け止めた。

男の背後にはふたりの男がいたが、入ってはこない。部屋は狭く、ふたり以上入ってきても、大刀を振れないと判断しているのか。

「うりゃあっ」

隆之介が鍔迫り合いのまま、起きあがっていった。

男が気圧《けお》されるように下がっていく。

土間に降りた刹那、刃が離れ、隆之介が疾風のごとき太刀捌きを見せた。

「ぎゃあっ」

袈裟がけを食らった男が、背後に倒れていった。

ふたりめが隆之介にかかってきた。

隆之介は大刀で受け止め、押しやっていく。外に出た。

「何者っ、殿の指示かっ」

そう隆之介が問うも答えない。

もうひとりの男が隆之介に斬りかかってくる。すると、

「卑怯なっ」

と、声がして、矢十郎が三人目の男の相手をしはじめた。


「あれは誰だ」

遠めがねで様子を見ていた家斉が、早翔に聞いた。近くの家の屋根から見ていた。

「権堂矢十郎。美月とともに、城に乗りこみ、妻、藤乃を奪還した浪人者です」

「ほう、藩主に寝取られていた妻を取り返しに乗りこんだのか」

と、家斉が感心していると、その藤乃が裸のまま出てきた。

「あれが藤乃か」

「はい」

「ほう、これはこれで、なかなかそそるな」

「はい」

早翔の声がちょっと上擦る。好みなのか。

藤乃は矢十郎同様、裸であった。隆之介も裸だ。矢十郎の魔羅も隆之介の魔羅も勃《た》っていたが、矢十郎の魔羅はぬらぬらである。藤乃に入れている最中で出てきたのだろう。

一方、隆之介の魔羅は濡れていない。入れていないのだ。入れようとしていたのか。それはゆるさぬぞ。ちょうどよかった。

美月を陰働きとして使うとなると、許婚の隆之介の存在は無視できない。だから、隆之介の腕を見るために襲わせたのだ。男たちには隆之介だけを斬れと命じてある。

斬られたら、そこまでの男である。反撃できたら、陰働きをさせようと考えていた。

「ぎゃあっ」

先に矢十郎が男を袈裟がけで斬った。なかなか豪快な太刀捌きである。

「矢十郎、使えるな」

「はい」

早翔の目は、藤乃の裸体から離れないようだ。

長峰藩主の寵愛《ちょうあい》をかなり受けていたようで、白い肌が月明かりを受け、絖光っている。頭の先から足の先まで色香を発散している。

乳は豊かで、ちょっと動くだけで誘うように揺れている。乳首はつんととがっていた。顔は上気している。いく寸前で魔羅を抜かれたのかもしれない。

が、矢十郎が男を斬った刹那、いったような表情を見せた。唇が、いく、と動いたように見えた。

「いったな」

「はい……」

と、早翔が答える。声が裏返っている。

「ぎゃあっ」

隆之介が相手をしていた男も絶叫した。ばたん、と倒れる。

すると、美月が出てきた。美月も裸であった。お椀形の乳房が弾んでいる。

「美月、藤乃、絶景であるな。矢十郎も使えるな」

「藤乃も使えます」

と、早翔が言う。

「隆之介様っ」

と、美月が抱きついていく。隆之介がしっかりと美月の裸体を受け止める。美月の乳房が隆之介のぶ厚い胸板につぶされる。

藤乃も矢十郎に抱きつく。こちらの乳房も押しつぶされて、さらにそそる眺めとなっている。

「すごい眺めであるな」

「はい」

「しかし、口吸いもしないな」

「そうですね」

襲ってきた相手を斬って、かなり昂っているはずだ。しかも、お互い裸なのだ。抱きついてきた美月の口を吸うのが常道ではないのか。

「ああっ、いいっ」

いきなり藤乃の声が夜空に響く。

「なんだっ」

「いい、いいっ」

「つながったようです」

と、早翔が言う。

抱き合った状態で、真正面から魔羅を入れたようだ。

「権堂矢十郎、なかなかできるな」

藤乃のよがり声に誘われて、裏長屋の住人たちが顔を出しはじめる。

矢十郎が魔羅を抜いた。月明かりを受けて、魔羅が綝光っている。

「どろどろだな」

藤乃が井戸に向かって両手をついた。むちっと熟れた双臀《そうでん》を、矢十郎に向けてさし出していく。

矢十郎が尻たぼをつかみ、うしろ取りで魔羅を突き刺していく。

「ひいっ」

藤乃が絶叫する。汗ばんだ裸体がぶるぶる震えている。

「いったな」

「そのようですね」

早翔の目が爛々と光っている。

「あ、ああっ、いい、いいっ」

藤乃が気をやっても、矢十郎は抜き挿《さ》しをやめない。むしろ、さらに力強く突いている。

「矢十郎、よいな」

一方、隆之介と美月は抱き合ったままではあったが、つながることはない。口吸いさえしない。

「隆之介が美月に手を出していないのは、真のようであるな」

「そうですね。さすがに、乳くらいは揉みそうですが……」

「いい、いいいっ、また、また、いきそうっ」

藤乃のよがり声が響きわたる。藤乃に圧倒されているところもあるだろう。しかし、あれだけよきおなごと裸で抱き合いながら、手を出さないとは、それはそれで、なかなかの者だ。

「あの四人、りっぱに陰働きを務めそうであるな」

「そうですね。上様、真に美月を呼び寄せなくて、よろしいのですか」

「奥はだめだ。美月のよさが消える。藤乃もそうだ。奥に上げてもつまらん」

「ああ、いくいく、いくっ」

藤乃の裸体が痙攣する。

「矢十郎はまだ出しておらぬのか」

「そのようで」

早翔が手を握りしめている。

「そばで見てもよいぞ、早翔」

「ありがとうございます」

と、早翔は瞬時に隣から消えた。

矢十郎が魔羅を引き抜いた。支えを失ったように、藤乃が井戸の前で崩れる。

すると矢十郎が藤乃の髪をつかみ、股間に向ける。はあはあと荒い息を吐いている藤乃がおのが蜜《みつ》まみれの魔羅にしゃぶりついていく。

「なんと……」

藤乃は美月や隆之介、そして裏長屋の住人たちが見ている前で貪《むさぼ》るようにしゃぶっている。

矢十郎が口から魔羅を抜いた。蜜が唾に塗りかわっている。

藤乃が今度は地面に四つん這《ば》いになった。

矢十郎に向けて、あぶらの乗った双臀をさしあげていく。

「くださいっ、矢十郎様っ」

「よしっ」

矢十郎は唾まみれの魔羅をひとしごきすると、ずぶりとうしろより貫いていく。

「いいっ」

と、藤乃の背中が反る。恍惚《こうこつ》とした美貌が月明かりを受けて浮きあがる。

「藤乃さん……」

裏長屋の住人たちが見惚《みと》れている。その中に、はやくも早翔がいた。見事に住人の中に馴染《なじ》んでいる。

あそこから、美月や藤乃の汗の匂いも嗅げるであろう。

しかし、隆之介と美月は裸で抱き合ったままだ。いや、違う。美月が隆之介の魔羅をつかんでいる。そっとしごいている。そして妖しく潤《うる》ませた瞳で、隆之介を見ている。目で誘っている。

が、隆之介は乗ってこない。なんという気力だ。浪人の身のままで許婚を抱けないという精神を貫いている。

恐ろしいほどの強靱《きょうじん》な精神だ。隆之介と矢十郎。よい組み合わせかもしれぬ。

これは楽しいことがはじまりそうだ。

「いく、いくっ」

と、藤乃が叫び、四つん這いの裸体を痙攣させる。が、矢十郎はまだ突きつづけている。

「いくいく、いくいくっ」

藤乃は連続で気をやっている。

「まだ出さぬのかっ」

権堂矢十郎。恐ろしい男だ。

八

美月の裸体を裏長屋の住人に交じって見ている男がもうひとりいた。

間垣孝道である。間垣は今日、美月の家を確かめるべく、道場よりつけていた。

しばらく様子をうかがい、帰ろうとしたときに、三人の男が裏長屋に入ってきたのだ。ひと目で、かなりできる男たちだと思った。

みな、殺気だっていた。その男たちが美月の家の腰高障子を破って入ったときには驚いた。助けなければ、と思ったが、すぐに男が飛び出てきた。

隆之介が相手をしていた。裸であった。魔羅が反り返っていたが、乾いていた。やる寸前で、押しこまれたのか……。

隣から矢十郎も出てきた。こちらも裸であった。こちらの魔羅は絖光っていた。隆之介と矢十郎が瞬く間に、押し入ってきた男たちを斬った。目の覚めるような太刀捌きであった。

藤乃が出てきた。裸だった。そして、美月も出てきた。裸だった。隆之介に抱きついた。口吸いをすると思った。が、しなかった。一方、矢十郎のほうは藤乃とまぐわいはじめた。

間垣は美月の裸体を見ながら、いったい何者が襲ってきたのかと思った。もしかしたら、美月たちは殿がよこした刺客だと思っているかもしれない。でも、それはない。殿は美月を殺すことはない。が、隆之介を殺すことはあるかもしれない。

男たちは隆之介だけを狙っていたのか。

間垣は美月を捕らえろ、と殿より下知を受けているが、他にも下知を受けている藩士がいるかもしれない。

しかし、なんと美しい裸体なのか。

このようときなのに、間垣は隆之介に抱きつく美月の裸体に見惚れてしまう。

美月は隆之介の魔羅をつかんでいる。しごいている。潤んだ瞳で、隆之介を見ている。

躰が疼くのだろう。もう、花を散らしたいのだろう。藤乃のように、よがり泣きたいのだろう。が、隆之介は抱かない。そんな美月の気持ちにつけこむことなく、浪人の身で抱くことをよしとしないのだ。

なんという男だ。間垣は隆之介にも惚れなおしていた。命をかけて隆之介を助ける手伝いをしたことを、間垣はあらためて誇りに思った。

第四章　陰働き

一

人の気配を感じた。

美月は目を覚ました。すると、なにかが顔の横に突き刺さった。

「誰だっ」

美月は寝床を起きあがり、大刀《だいとう》を抜くと、天井に向かって突き刺した。

隆之介も起きあがって、天井を突き刺す。

「外をっ」

と、隆之介が叫び、美月は腰高障子を開けようとするが、立てつけが悪くて、なかなか開かない。

ようやく外に出ると、矢十郎も大刀を持って出てきていた。

「曲者《くせもの》か」

「あなた、これ」

と、藤乃が出てきて、文《ふみ》を渡す。

矢十郎が文を開き、読む。

「これは……」

隆之介も出てきた。隆之介も文を持っている。渡され、美月も目を通す。

――豊島隆之介様、高岡美月様、お話がございます。おふた方に、私どもとぜひとも江戸の町を守っていただきたく、おねがいしたい話がございます。半時後、駕籠《かご》をよこします。

と書かれていた。

「誰だ……話とはなんだ」

矢十郎に渡された文にも同じことが書いてあった。こちらは権堂矢十郎様、権堂藤乃様宛であった。

「昨晩の刺客ではないのでしょうか」

と、隆之介が言う。

「昨晩の……」

「昨晩の刺客は私だけを狙《ねら》っていました。過日、美月が道場の井戸端で狙われました。いずれも、相手からは殺気を感じました」

「どういうことだい」

「恐らく、試したのだと」

「試す……腕をか……」

「はい」

美月も同じことを思った。彦一郎の手の者とは違う相手だと思った。なぜ狙われたのかわからなかったが、腕を試しているのなら納得できる。

「どうして、わしにも」

「昨晩の、刺客相手の矢十郎どのの腕を見て、誘ってきたのだと思われます」

「どうして、私も……」

と、藤乃が怪訝《けげん》な顔をする。

「そこはよくわかりません」

「しかし、胡散《うさん》くさいな」

と、矢十郎が言う。

美月と隆之介はうなずく。

「どうするかい」

「どうしましょう」

と、隆之介は困惑の表情を浮かべ、美月を見る。

「わしは乗るぜ」

と、矢十郎が言う。

「いずれにしても、殿ではないはずだ。殿がこんな面倒なことをするわけがない
し、そもそも殿の狙いは、美月どのだけだ」

「私は……」

と、藤乃が聞く。

「さあな」

と、矢十郎が首をかしげる。

「江戸の町を守るとは……」

と、隆之介が口にする。

美月もそこが気になった。

「それだよ。胡散くさいが、なにかおもしろそうじゃないか」

「美月どのはどう思う」

と、隆之介が美月に聞いた。

「この文は天井の節穴より吹き矢で放っています。気がつき、天井を大刀で突いたときには、もう姿を消していました。ただ者ではありません」

「そうだな」

と、隆之介がうなずく。矢十郎もうなずいている。

「昨晩の刺客と言い、今朝の文と言い、酔狂《すいきょう》でやれることではないと思います」

「私も矢十郎様と同じです」

美月は隆之介を見つめ、そう言った。

「乗ると言うのか、美月どの。相手は何者かまったくわからぬのだぞ」

「乗ってみます」

と、美月は答え、隆之介は困惑の表情を浮かべた。


そして半時後、駕籠が四丁やってきた。

「高岡様、いらっしゃいますか」

と、裏長屋の入口で、駕籠かきが聞いた。

「私が高岡です」

と、すでに腰に一本差して用意していた美月が名乗り出た。髷《まげ》は結わず、漆黒《しっこく》の長い髪を背中に流している。

その凛《りん》とした美しい姿に、駕籠かきが目を見張る。

「あちらの駕籠にお乗りください」

と、駕籠かきが先頭の駕籠を指さす。

美月は隆之介を見た。隆之介がうなずき、美月は先頭の駕籠に向かう。

「豊島様は」

と、背後より駕籠かきの声がした。わしだ、と隆之介が名乗り、二番目の駕籠を勧められる。

もう後戻りはできない。


どれくらい揺られていただろうか。

駕籠が止まり、垂れがめくられた。

武士が顔をのぞかせていた。片膝《かたひざ》立ちだ。

「高岡美月様ですね」

と聞いた。

「はい。あなた様は」

「老中首座、水野《みずの》の側用人、成川徳之進《なりかわとくのしん》と申します」

と名乗った。

「老中首座、水野様っ」

まったく予想だにしていなかった人物に、美月は驚く。

そんな驚きの顔を、側用人の成川はじっと食い入るように見つめている。

「ここは水野忠成《ただあきら》の屋敷です」

と、成川が言う。

「さあ、どうぞ」

と、成川が手を出してくる。驚きの中の美月は考えることなく、その手をつかんでいた。すると成川はぎゅっとつかみ、強めに引いた。

不意をつかれた美月は、あっ、と身を乗り出し、成川に抱きつくような形を取ってしまった。

すると、成川は美月のうなじに鼻を押しつけてきた。くんくんと嗅《か》いでいる。

「ご無礼を」

と、美月は離れようとしたが、成川は離さない。うなじの匂いを嗅ぎつづけている。

「ご無礼しましたっ」

と、美月は成川を押しやる形で立ちあがった。

「これは、なんとっ」

と、背後から矢十郎の驚きの声がする。

美月以外はみな、自分で駕籠から出ていた。

「おのおの方、ここは老中首座、水野忠成の屋敷です。これから、我が主《あるじ》がおのおの方とお会いいたす」

と、成川が言った。

「なにっ」

矢十郎が目を剝《む》く。

「では、こちらに」

と、成川が先頭に立ち、屋敷を案内する。廊下を進み、奥で立ち止まると、片膝をつき、

「高岡様、ご一同、お連れしました」

と、中に声をかけた。

「入れ」

と、声がかかり、失礼いたします、と成川が襖《ふすま》を開いた。

二

書院の奥に、羽織袴《はおりはかま》の男が鎮座《ちんざ》していた。老中首座、水野忠成である。

隆之介が一番先に膝行《しっこう》しようとしたが、

「待て」

と、忠成が止めた。

「高岡どのからだ」

と言った。

指名を受けた美月は深々と頭を下げ、膝行していく。そして、左手で止まった。

その隣に隆之介、そして、そのまた隣に矢十郎、そして藤乃が並んだ。

みな、深々と頭を下げている。

成川が美月の隣に座った。斜めうしろではなく、真隣に座っている。そして、

「一同、面《おもて》を上げっ」

と言った。

美月、隆之介、矢十郎、そして藤乃が面を上げる。

「老中首座、水野忠成である。みな、よく来た」

はっ、と隆之介と矢十郎が頭を下げ、美月と藤乃がそれにならう。

「高岡美月、噂《うわさ》はよく聞いておるぞ」

と、忠成が声をかける。

噂……。

「どういう噂でございましょうか」

「長峰藩主の寝床から、逃げ出したそうではないか。太腿《ふともも》で首を絞めて落としたそうじゃな」

「あっ……そのようなこと……ああ、なんともお恥ずかしい」

「そのことを、上様が耳になされてな」

「う、上……様……」

美月の躰《からだ》が震えはじめる。老中首座の前にいるだけでも極度の緊張の中にいたが、上様が私のことを知っていると聞いて、心《しん》の臓が止まりそうになる。

「上様はたいそう興味を持たれてな。今度はそなたが江戸で師範代を務めて、道場破りを次々と蹴散《けちら》らしていることを耳にされて、ご覧になられたのだ」

「ご覧に……まさか、上様が……道場に……」

「そうだ。たいそう気に入られて、陰働きに適任であると考えられたのだ」

「陰、働き……」

「そうだ。よが老中首座になって、江戸の街はまた活気にあふれてきているのだが、そのぶん悪さをするやつも増えているのだ」

「はい」

「活気の中で、よからぬ金を懐《ふところ》に入れる輩《やから》もあらわれてな」

忠成こそ賄賂《わいろ》政治の筆頭なのではないのか、と美月は思った。江戸に来て三月《みつき》になる美月の耳にも忠成の所業は入ってくる。

そんな忠成が悪さをする輩を憂《うれ》いている。

「北町も南町も鼻薬をたっぷり嗅がされておってな、取り締まる気がないのじゃ。困ったものよのう」

さっきからずっと、美月は痛いくらいの視線を隣から感じていた。忠成が話している間、成川がじっと美月の横顔を見ているのだ。

忠成に対して失礼ではないのか。そもそも、どうしてそんなに私の顔を見るのか。美月は成川に見覚えはない。

「そこで、上様じきじきの陰働きの組織を作ることになってな、適任者はおらぬか、と探しておったのだ。そんなときに、藩主を太腿で落とし、寝間から逃げたそなたの話を聞き、興味を持たれ、適任だと思われたのだ」

「私のような者が……」

「ただ、ひとりでは無理であろう。それで、許婚《いいなずけ》である豊島隆之介の腕も確かめたのだ」

「昨晩の……」

「そうじゃ。上様もご覧になられていた」

「えっ……そうなのですかっ」

あの場に家斉がいたと言うのか。

「豊島隆之介だけではなく、権堂矢十郎の腕にも感服されたのじゃ」

「わしの……腕にも……」

と、矢十郎が言う。

「そして、権堂藤乃、そなたの色香にも感服されておる」

「ありがとうございますっ」

と、藤乃が上擦《うわず》った声をあげる。

「陰働きは、きれいごとだけではすまされない。権堂矢十郎と藤乃には汚れ仕事をやってもらわなければならないこともあるであろう」

「はっ」

と、矢十郎が返事をする。

陰働きを受けるつもりなのか。天下の将軍よりの命なのだ。浪人の身とはいえ、断るなどありえないか。

美月はちらりと隆之介を見る。

隆之介はなにかを決意したきりりとした横顔を見せている。

視線を感じたのか、美月を見る。そして、しっかりとうなずいた。

「陰働き、受けてくれるか」

と、忠成が問う。

美月は矢十郎にも目を向ける。矢十郎もうなずいた。藤乃の目も輝いている。

「どうだ、高岡美月」

と、忠成が問う。

「喜んで、お引き受けさせていただきます」

そう言って、頭を下げた。隆之介、矢十郎、そして藤乃も畳に額をこすりつけんばかりに下げる。

そのとき、うなじに焼けるような視線を感じた。

成川だ。さきほどより、いや、会った刹那《せつな》より、露骨な視線を向けている。

うなじに気配を覚えた。もしや、成川が私のうなじに顔を寄せてきているのか。

老中首座の前なのだ。一介の側用人が、そのようなことを……するはずが……。

「よし」

忠成が返事をすると、美月は面を上げた。

うなじから、気配は消えていた。どうしても我慢できず、ちらりと成川を見る。

すると、目が合った。成川がうなずく。引き受けたことを喜んでいるようだ。

「では、さっそく仕事をしてもらう。詳細は成川から聞いてくれ。成川が、大変お忙しい上様に代わって下知《げち》を伝えることになる」

「はっ」

と、四人はうなずいた。

三

忠成が出ていき、代わって成川が四人の前に移動した。忠成が座していた場所のわずか前に座る。

「オットセイの睾丸《こうがん》が江戸市中より消えているのはご存じか」

と、成川が聞いてきた。美月だけを見ている。

「オットセイ……のこ、こうがん……」

思わず、そう口にして、美月は頬《ほお》を赤らめる。

すると、成川がうれしそうな顔をした。

成川は私に惚《ほ》れているのか。ひと目惚れなのか。

「上様は子だくさんであられるが、オットセイの睾丸をすりつぶしたものを愛飲されておられる」

「噂は真《まこと》なのですね」

と、美月は答える。

「そうだな。あれは効く……いや、効くそうだ」

「そうなのですね」

美月が代表して返事をする。そのほうが、成川が喜ぶと思ったからだ。

「その噂が江戸市中に流れ、オットセイの睾丸は高値で売買されているようだ。それがひと月前より、市中に出まわらなくなったのだ。そもそも高値で売買されているから、大店《おおだな》の主のような者しか手に入れることはできなかったが、オットセイの睾丸を上様が独り占めしているのではないかという噂が流れるようになったのだ」

「そうなのですか」

「上様は独り占めなどなさっておられぬ。そのような御方《おかた》ではないのだ。オットセイの睾丸を独り占めにして、自分だけが絶倫でいるのではないか、という噂を危惧《きぐ》されておられる」

「そうなのですか」

「そうだ。そのようなことで民の不満がたまり、乱れていくのだ。その不満の芽ははやいところで摘《つ》まねばならぬ。恐らく誰かがオットセイの睾丸を独り占めにして、大儲《おおもう》けをしているのだ。それを見つけ出し、成敗《せいばい》するのが、おまえたちの役目だ」

と、成川が言った。

「はっ」

と、美月、隆之介、矢十郎、そして藤乃は返事をした。

なにせ、成川の言葉は上様のお言葉なのだ。

「私が指揮を取るが、あまり顔を出せないこともあろうかと思う。そのときは」

と言って、成川が天井を見あげた。すると天井板が開き、ひとりの男がふわりと降りてきた。

「おうっ」

と、一同目を見張る。

男は別に黒装束姿でなく、町人のなりをしていた。

「早翔《はやと》だ。上様じきじきのお庭番である」

お庭番。美月は、はじめて見た。噂には聞いていたが、真にいるのだ。

「早翔と申します。よろしく」

と、早翔が頭を下げる。

「上様の陰働きをやってもらうが、日々の暮らしは変わらずでいてくれ。日々の暮らしの中で、江戸の民の不満や不穏の動きを探ってほしい、と上様はおっしゃっておられる」

「はっ」

と、四人は返事をする。

成川が上様のように思えてくる。

「では、さっそく、オットセイの睾丸を独り占めにしている輩を見つけ出してくれ」

と、成川が言った。

上様の下知に聞こえ、はっ、と美月は力強く返事をした。

四

賭場《とば》。矢十郎にとっていつもの仕事場だ。

「今宵《こよい》もよろしくおねがいします、先生」

と、代貸の源造《げんぞう》が挨拶《あいさつ》に来る。

「オットセイの睾丸、手に入らないか」

と、矢十郎が聞いた。ちらりと藤乃を見る。

藤乃はすでに諸肌《もろはだ》脱ぎとなり、絖《ぬめ》白《じろ》い肌をやくざ者たちに見せつけている。藤乃は矢十郎の情婦ということにしている。

藤乃は客人たちにあらわな肌を見られながら壺《つぼ》を振っていると、女陰《ほと》がどろどろになるらしい。

「えっ、先生には必要ないかと思っていましたが」

と、源造が意外そうな顔をする。

矢十郎は絶倫だと思われている。実際、そうなのだが。

「いや、ちょっとな。毎晩三発ずつだと、さすがにな」

「毎晩、三発ですかい……さすが、先生だ」

と、源造が感心する。

「今、オットセイの睾丸は手に入らないんですよ」

「そうなのか」

「はい。上様が国中にあるオットセイの睾丸を集めて、独り占めにしているらしいんです」

「まさか」

老中首座が危惧したとおり、家斉にとってよくない噂が真に流れているようだ。

「いや、上様ならありうるでしょう」

「そうか」

「そもそも上様が日々飲んでいるという噂が流れて、一気にオットセイの睾丸の値が上がったんですよ。それでひと儲けしようと、目ざとい商人が動いているんです」

「そうか。誰か知らないか」

と聞いて、矢十郎は藤乃を見る。

壺振りの稽古《けいこ》をしている。両腕を上げて、腋《わき》のくぼみを見せつけ、そして壺に賽子《さいころ》を放《ほう》りこむ。

「いいおなごですよね、先生。なんともうらやましい」

「そうか。まあ、あれが好きだからな、常に魔羅《まら》が鋼《はがね》でないと、浮気されそうなんだよ」

「それは困りますね。わかりました。探してみましょう」

「頼むぜ」

同じ頃、日傭《ひようと》取りの仕事を終えた隆之介は、

「一杯やるかい」

と、仕事仲間に誘われた。いつもは断るのだが、今日は乗った。オットセイの睾丸の噂を耳に入れたかったからだ。

日傭取りは訳ありの者ばかりだ。実際、隆之介自身がそうだ。

許婚とともに脱藩して、江戸では思うような仕事にはつけず、その日暮らしとなっている。それゆえまだ、美月を妻にはしていない。

仕官の口を探してはいたが、この平穏な世では仕官の口など夢のまた夢だ。しかも、隆之介は藩主を裏切る形で脱藩している。腕は立っても、仕官できる可能性は低かった。

行きづまった苦悩の日々を過ごしていたとき、いきなり天より思わぬ話が降りてきた。

将軍の陰働き。

美月が長峰藩主から逃げたことが上様の耳に入り、興味を持たれたことが幸いした。

この陰働きをやりとげたら夫婦《めおと》になろう。美月とまぐわおう。

「豊島どの、珍しいね」

一杯飲み屋に入り、仕事仲間の四人で樽《たる》に座る。そして、小女《こおんな》が注《つ》いでくれた安酒で乾杯する。

うまかった。これまで飲んできたどんな銘酒よりうまかった。

「どうだい、豊島さん。うまいだろう」

隆之介の表情に気づいた男がそう言う。この男は、岡林健作《おかばやしけんさく》。隆之介と同じ浪人であった。他のふたりは農家の四男五男坊で、口減らしで江戸に出てきていた。四郎《しろう》と五助《ごすけ》という。

荷積みの人足としては、農家の四男五男坊のほうが優秀だった。

「うまい」

「一日、汗まみれになって仕事をしたあとの酒はどんな安酒でもうまいものだ」

健作がそう言う。

「そうであるな」

「ところで、なにか話があるんじゃないかい」

煮つけを肴《さかな》に何杯か飲んだあとで、健作が聞いた。

「いや、その……あの、オットセイの睾丸ってあるだろう」

「えっ……」

健作が目をまるくさせた。

「いや、すまん。堅物《かたぶつ》の豊島どのから、オットセイの睾丸などという話が出たからな」

四郎と五助も驚いた顔をしている。

「豊島どのはひとり住まいではないのか。よきおなごがいるのか」

と、健作が聞いてくる。

隆之介は浪人の身以外の話は誰にもしていない。

「許婚と住んでいる」

「ほう、それはうらやましい」

オットセイの睾丸の話を進めるには、妻とやるときに元気がない、ということにしておいたほうがよいと思った。

「そうか。あっちの元気がないのか」

と、健作が察する。

「まあ、そういうことだな。手に入れたいのだが、どこで手に入れてよいのかわからないのだ」

健作は江戸市中の噂はなんでも知っていた。だから、聞いてみたのだ。

「上様が独り占めにしているって噂だ」

と、健作が言い、そうだ、と四郎、五助もうなずく。

「だから今、江戸の街に、オットセイの睾丸はないんだよ」

「真なのか」

健作に四郎、五助がうなずいた。

「上様も、あっちを控えたら、どうなんだい」

と、四郎が安酒を飲みつつ言う。

「上様はいいよな。大奥で毎晩まぐわうのが仕事だ。おいらたちとはまったく違う」

そのようなこと口にして大丈夫なのかとまわりを見たが、みな、

「そうだな」

と、同意している。

これは上様が案じておられる以上に民の不満がたまっている。

「オットセイの睾丸なら、たぶん益田屋《ますだや》だな」

ひとつ離れた樽に座って、ひとりで飲んでいた男がそう言った。

「なにかご存じなのですか」

隆之介は徳利を手に、男に近寄り、隣の樽に座る。

どうぞ一杯、と徳利を傾ける。すまぬな、と言って、男がお猪口《ちょこ》を持つ。男も浪人であった。総髪で、みすぼらしい姿をしている。

話を聞きたくて、見ず知らずの浪人に酌《しゃく》をするなど、これまでの隆之介には考えられない行動であった。とにかく、はじめての陰働きをものにしたい、という一心であった。

「益田屋は高利貸でな。主の金蔵《きんぞう》は妾《めかけ》を六人も囲っているんだよ。あくどい高利貸でな。わしは何度か用心棒をやったことがあるんだ」

「そうですか」

と、空いたお猪口にあらたな酒を注ぐ。

浪人はごくりと飲むと、

「益田屋は常にオットセイの睾丸の粉末を持っていてな。かかさず飲んでいたぜ」

「そうですか。それで」

「それだけだ。益田屋が独り占めしているんだ」

ありがとうよ、と言って、浪人は勘定を払うと出ていった。

「あの野郎、うまくただ酒飲んだな」

と、健作が言った。

しかし、あながち作り話とも言えない。今、益田屋はどうしているのだろうか。六人も妾を囲って、常にオットセイの睾丸の粉末を飲んでいたのなら、市中に出まわっていないと困るだろう。

実際、益田屋が独り占めしているのか。探ってみないと。

五

「今日、仕事のあと、日傭取りの仲間と一杯飲んでな」

「そうですか。お珍しい」

隆之介と美月は床に並んで寝ていた。

「そこで、オットセイの睾丸の粉末を頻繁《ひんぱん》に飲んでいる者の話を聞いたんだ」

「そうなのですか」

美月が起きあがり、隆之介を見下ろした。

顔に障子の穴から射《さ》しこむ月明かりが当たる。美しい。江戸に来て、最初の頃は、旅の疲れもあってやつれていたが、道場に通うようになり、そして師範代を務めるようになってから、ますます凛とした美しさに磨きがかかっていた。江戸の水が合っているようだ。

今も、美月の美貌《びぼう》が眩《まぶ》しい。

浪人者のわしなんかが娶《めと》ってよいのか、と思ってしまう。

「聞かせてください」

美月に言われ、隆之介は起きあがった。美月の美貌が近くなる。いつもともに寝ているのに、今宵は妙に心の臓が高鳴る。

「益田屋という高利貸が、妾を六人も囲っていてな」

「まあ、六人も」

隣からいきなり、

「いいっ」

と、藤乃の声が聞こえてきた。いつものよがり声だ。

すると、美月が隆之介の手を握ってきた。

「それで……」

声がかすれている。

「それで、益田屋は常にオットセイの睾丸の粉末を持っていて、飲んでいたそうだ」

「いい、いいっ、うしろからがいいのっ」

隆之介は生唾《なまつば》を飲みこむ。

「それで……」

「それで」

隆之介は美月を引き寄せた。そして、唇を奪った。すると、待っていたかのように、美月が舌を入れてきた。

「うんっ、うっんっ」

お互いの舌を貪《むさぼ》り合う。

今宵はいちだんと美月の唾が甘い。濃厚だ。

隆之介は舌をからめつつ、寝巻の上から乳房をつかんだ。

「うう……」

火の息が吹きこまれる。

寝巻の上から揉《も》むのがもどかしく、隆之介は胸もとを引き剝《は》いだ。すると、たわわな乳房がこぼれ出る。

今度はじかにつかむ。

「はあっ、ああ……」

唇を引き、美月が喘《あえ》ぐ。喘ぐ表情がまた美しい。

隆之介は美月の美貌を見つめつつ、こねるようにふたつのふくらみを揉んでいく。

「はあっ、あんっ、やん、あんっ」

揉みこむたびに、美月が火の喘ぎを洩《も》らす。眉間《みけん》の縦じわが美しい。

隆之介の魔羅は鋼となっていた。入れたいが、我慢する。上様より陰働きの下知を受けたが、まだなにかをなしとげたわけではないのだ。

何者でもないわしに、美月の生娘《きむすめ》の花を散らすことはできぬ。

「ああ、隆之介様、おつらそう」

と、美月が言う。

「いや、そのようなことは……」

と言っていると、美月が隆之介の寝巻を脱がせた。そして、下帯《したおび》を取ろうとする。

「それは……な……」

ならぬ、と言う前に、下帯を脱がされた。下帯を脱がせるのがうまくなってい
る。弾《はじ》けるように魔羅があらわれた。

「ああ、隆之介様……なんとたくましい……それに、やはり、おつらそう」

先端が我慢の汁で白くなっていた。

「なんとも恥ずかしい……武士たる者が、これくらいで……汁をにじませてしま
うとは……」

「そのようなことはありません。美月、うれしいのです」

「う、うれしい……」

「だって……美月の乳を揉まれて……我慢のお汁を……」

「ああ、いくいく、いくっ」

と、隣から藤乃の叫び声が聞こえた。

それに背中を押されたのか、美月がぱくっと先端を咥《くわ》えてきた。

「ああっ……」

一気に根元まで咥えこまれ、隆之介は腰を震わせる。

美月は吸いながら、隆之介を見あげている。その目は、入れてください、と言
っているように見えた。

それはできぬ。一人前になってからだ。

美月は美貌を上下させはじめる。

「ああ、ああ……もうよい……もうそこまでだ、美月どの」

「うんっ、うっんっ」

と、美月が激しく美貌を動かす。

出そうになった隆之介は、あわてて腰を引いた。美月の唇から弾け出る。

「隆之介様……ひとつになれないのなら……せめて、その精汁を美月のお口にくださいませ……それが今の、美月のねがいです」

「美月どのっ」

なんとできたおなごなのだっ。ますます半人前のわしが、生娘の花を散らすことはできぬと思ってしまう。

美月がふたたび、ぱくっと咥えてきた。

「うんっ、うっんっ」

と、美貌を上下させている。隆之介はこのまま美月の口に出すことにした。

魔羅がとろけていく。なんとも気持ちよい。女陰はもっと気持ちよいのだろうか。

「ああ、いくいく、いくっ」

と、藤乃のいまわの声が聞こえてきた。

それに背中を押されるかのように、隆之介もいっていた。

「おうっ」

雄叫《おたけ》びをあげて射精する。

「おう、おう、おうっ」

藤乃のいまわの声をかき消すように、隆之介は吠《ほ》えつづけ、射精しつづける。

「うぐ、うう……うう……」

美月は一瞬、美貌を歪《ゆが》めたが、すぐにうっとりとした表情を見せて、隆之介の精汁を喉で受けつづける。

ようやく、脈動が鎮まったとき、

「泥棒っ」

と、大家の声が聞こえてきた。

その声を耳にした刹那、美月は隆之介の魔羅から唇を引いて立ちあがり、腰高障子を突き倒すようにして出ていった。

「美月……」

「泥棒っ、誰かっ、捕まえてっ」

寝巻を羽織り外に出ると、木戸を走って出ていく美月のうしろ姿があった。裏長屋の住人たちも、美月を追うように走っている。

隆之介も走った。

「ちきしょうっ、放しやがれっ」

路地で男がうつ伏せに倒れていた。その腰に、美月がのしかかっている。

美月は寝巻を着ていたが、裾《すそ》が短く、泥棒の腰を跨《また》いでいるため、太腿がほとんどまる出しとなっている。

白い太腿やふくらはぎが月明かりを受けて、艶《なま》めかしく浮きあがっている。

前ははだけたままだ。みなうしろにいたが、このまま美月が振り向けば、裏長屋のみなに、美月の乳房をさらすことになる。

「この野郎っ」

と、力自慢の住人たちが駆け寄っていく。大工の豪太《ごうた》と鳶《とび》の弥七《やしち》だ。

「美月様、ありがとうよ」

代わるぞ、と言って、豪太が泥棒の腕を背後にねじりあげる。それを見て、美月が立ちあがった。

「あっ……」

豪太と弥七が目を見張った。

「ああ、乳……ああ、乳……」

豪太と弥七が凝視するなか、美月がこちらを向いた。

「ああ、乳だっ」

と、他の住人たちも叫ぶ。

その声に、美月は乳房を出していることに気づき、あわてて寝巻の前を合わせる。さっきまでの勇ましさはどこにというように頬を赤らめ、もじもじしている。

「美月どの、たまらんのう」

矢十郎が隆之介に話しかける。

「はい……たまりません……」

と、隆之介は素直にうなずいた。勇ましくも恥じらう美月に惚れなおしていた。

「唇に白いものがついているぞ。ああ、さっきお主が吠えたのは、口か。口に出したのだな」

矢十郎がそう言い、あらためて美月を見ると、確かに唇が白く絖っていた。

あれはわしが出した精汁だ。

隆之介は自分の手で口を拭《ぬぐ》う仕草を見せた。

礼を言う大家の相手をしていた美月は、はっとした表情を見せ、寝巻を合わせていた手を上げるなり、唇を小指で拭った。

またも、たわわな乳房があらわになり、乳だっ、と住人たちが騒いだ。

その声にまた、美月はあわてて寝巻の前を合わせた。

六

「まぐわいそうであったのか」

「はい。邪魔をしようと思ったところで、大家の家に泥棒が入りまして」

「ほう」

「泥棒、と大家の声が聞こえた刹那、美月は隆之介の魔羅から唇を引き、ごくんと精汁を飲みつつ、外に出ていきました」

「なんとっ。口に出された直後に、泥棒が入ったのだな」

「はい。それで私が邪魔をする必要はなくなりました」

「そうか。よかった。美月の生娘の花はよが散らすからな。許婚でさえも散らすことはゆるさぬ」

家斉は力強く宣言する。老中たちの前でも、こんなに力強くなにかを宣言したことはない。

「はっ」

ここは江戸城中庭の四阿《あずまや》。

ここで毎日、早翔の報告を聞いている。早翔は遠国《おんごく》のお庭番の任を解き、美月にずっとつかせていた。なにより、隆之介が美月の生娘の花を散らさないように、見張らせていた。

もちろん美月を奥に呼べば、簡単に生娘の花は散らせるが、それではまったくおもしろくない。江戸市中で、できれば美月が家斉に自ら身をさし出す形で生娘の花を散らしてみたい。

家斉は老中首座の水野忠成に命じて、家斉の下知を伝える形で、四人を陰働きに命じた。

家斉は側用人成川として、あの場にいた。

息がかかるほどそばで、美月の美貌を堪能《たんのう》した。なにより、かすかに薫《かお》ってくる美月の匂いを堪能することができた。

特に、忠成に向かって四人が頭を下げたとき、家斉は思いきって、美月のうなじに顔を寄せた。うなじから薫る匂いに、家斉は勃《た》たせていた。

女人のうなじの匂いだけで勃つなど、いつ以来であろうか。家斉は美月を知って、若返ってきたような気がしていた。

「美月は寝巻の前をはだけておりまして、尺八《しやくはち》をする前に、隆之介が美月の乳を揉んでおりまして」

「隆之介、ゆるさぬ」

「首を斬《き》りますか」

「いや、まだよい。美月はこの上なく、もてるおなごだ。ただそこにいるだけで、男が寄ってくる。むしろ、堅物中の堅物の隆之介がそばにいたほうがよい」

「そうでございますね」

「寝巻をはだけたまま、泥棒を追ったのだな」

「そうです。そしてそのまま、裏長屋の力自慢に泥棒を預け、裏長屋の連中に、あらわな乳房をさらしたのです」

「なんとっ。乳を……さらしたっ……乳を揺らして、泥棒を追ったのだな」

「そういうことになります」

「早翔、おまえも見たのか」

「乳は……見ました……」

「よは見ておらぬぞ。そういう突発的な乳をよは見ておらぬぞ」

「はい……」

「そういうのが見たいのだ。しこんであらわにさせた乳など見ても意味がない」

「はっ」

「なんてことだ。天下の将軍が見られずに、裏長屋の連中が見ているなんて……

この世はままならぬものであるな」

「はっ」

「また、美月と会いたくなった。匂いを嗅ぎたくなったぞ、早翔」

「はっ」

早翔は深々と頭を下げた。


その日の夕刻、家斉は早翔とともに、深川の道場に来ていた。

物見窓はずっと人だかりで、まったく見ることができない。

もちろん、家斉であるぞっ、と名乗れば、即見られるのだが、そのようなことはしたくない。江戸市中では、家斉はあくまでも水野忠成の側用人の成川である。見物人がいっせいに引いた。稽古が終わり、美月が道場から姿を消したようだ。

家斉は裏手にまわった。井戸端に美月がいた。

諸肌脱ぎで、井戸に投げこんだ桶《おけ》を、滑車を引いて引きあげている。

豊満な乳房は晒《さらし》から半分近くはみ出している。そこに無数の汗の雫《しずく》が浮いている。

家斉は近寄っていった。早翔に人払いを任せている。近寄る者がいたらみな、急所を打って眠らせろ、と命じていた。

桶を汲《く》みあげ、美月が手拭を水に浸す。そして、しぼると、右手を上げて腋の下をさらした。

「うう……」

あまりの妖《あや》しさ、美しさに、家斉は不覚にもうなってしまった。

その声に、美月が気づいた。

「あっ、成川様っ」

美月があわてて右腕を下げる。

「驚かせてすまない。そのまま、続けてくれ」

と言うものの、美月は汗を拭うのをやめた。まあ、そうであろう。どんどん汗の雫が谷間に流れていく。

「すまないな、邪魔してしまって。しかし、ふたりきりで話となると、こうして、不意をついたほうがよいかと思ってな」

「はい」

美月が真摯《しんし》な眼差《まなざ》しを向けてくる。上様からなにかの下知をもらったのか、という目で見ている。

諸肌脱ぎで、汗ばんだ二の腕や鎖骨《さこつ》をさらしつつ、きりっとした美貌を見せつけている。

ああ、なんておなごなのだ。この世に、こんなおなごがいたとは。

家斉は近寄る。汗をそばで見るためだ。そしてなにより、汗の匂いを嗅ぐためだ。

「上様からの下知はない」

「そうですか」

「捜索の進捗《しんちょく》を聞きに来たのだ」

さらに迫る。すると、薫ってきた、美月の汗の匂いが。

午後、ずっと門弟相手に稽古をして出した健全な汗の匂いだ。家斉が日頃大奥で嗅いでいるまぐわいで出すおなごの汗とは違う。

「申し訳ございません。まだ進展は……」

「そうか。まあ、そうであろうな。そう簡単にことは進まぬものだ。さあ、私に構うことなく、汗を拭《ふ》いてくれ」

と、家斉は言う。

美月はすぐに汗を拭わなかった。困惑の表情を浮かべている。

家斉はそのことに感動していた。城の中であれば、家斉の命に困惑の表情を浮かべる者などおらぬ。ここで、よの肛門を舐《な》めろ、と言っても、喜んで舐めるだろう。

が、今、美月は戸惑っている。なにゆえ、こやつは井戸端にいるのかと。なにゆえ、汗を拭ってよいぞ、と言っているのかと。

「さあ、汗が流れていますぞ」

家斉は思わず手を出し、美月の手から手拭を取っていた。

そして、晒からはみ出ている乳房の谷間に流れていく汗の雫を拭っていく。

「成川様……そのようなこと……」

「構わぬぞ」

と言って、家斉は乳房を押すようにして、汗を拭っていく。もちろん、構うのは美月のほうだ。

「腕の汗も。さあ、上げて」

家斉はそう言う。美月は困ったような顔をしていたが、言われるまま、しなやかな右腕を上げた。力瘤《ちからこぶ》などない、あくまでもおなごらしい二の腕だ。このほっそりとした腕のどこに、大刀を振りまわす力があるのか。

腋のくぼみがあらわれる。汗ばみ、和毛《にこげ》がべったりと貼《は》りついている。そこから汗の匂いが薫ってくる。

家斉は思わず顔を埋《うず》めたくなる。家斉であれば、顔を埋めても構わない。が、今は老中首座の側用人にすぎない。

顔を埋めるのを我慢して、手拭で腋の汗を拭っていく。すると、美月が思わぬ反応を見せた。

「はあっ……」

と、かすかに甘い喘ぎを洩らしたのだ。

家斉はどきりとした。たったこれだけのことで、躰中の血が沸騰《ふっとう》していく。

家斉はさらに腋の下を拭う。

「あ、あん……」

美月がさらに甘い喘ぎを洩らす。

家斉は二の腕の内側へと手拭を上げていく。美月がちょっとほっとした表情を見せた。それを見て、すぐにまた腋の下を拭う。

不意をつかれたのか、

「やんっ……」

と、美月が甘い声をあげる。そして、そんな声を出したことに気づき、はっとした表情を見せる。そして、右腕を下げようとするが、

「そのままでっ」

と、家斉は言った。ふだん、命じなれている将軍の言葉に気圧《けお》されたのか、美月はほっそりとした腕を上げたままでいる。腋の下をさらしたままでいる。

「それでよい」

と言うと、また二の腕の内側の汗を拭っていく。

美月の剝き出しの肌からは、なんとも言えない汗の匂いがずっと薫ってきている。顔を押しつけたいが、それができないのがもどかしい。が、そのもどかしさ

がたまらない。興奮する。

城の中では、もどかしい思いをすることなどないからだ。もどかしいことも、よいものだ。

左腕も上げさせ、そちらの汗も拭っていく。美月はもう言いなりのままだ。いつも引きしまっている唇は半開きで、凛とした瞳もわずかに潤《うる》んでいる。

美月も生娘とはいえ、もう大人のおなごだ。躰は熟れてきているのだ。

早翔からの報告によれば、口吸いだけではなく、尺八もやり、隆之介の精汁を口で受けて、飲んでいるのだ。この体内に、隆之介の精汁が入っている。よの精汁も入れたいものだ。

そんなことを思って晒からはみ出た乳房の汗を拭っていると、知らずしらず力が入り、晒を押し下げてしまった。

ぷるるんと乳房がこぼれ出た。

「あっ……」

あらわになった美月の乳首はとがっていた。それを、家斉は手拭でこすってしまった。すると、

「はあっんっ」

に、

と、美月が甲高《かんだか》い声をあげた。

家斉は美月の敏感な反応に昂《たかぶ》り、さらに強く乳首をこすりあげた。するとさら

「ああっ、やんっ」

と、美月が井戸端で甘い喘ぎをあげる。

「美月どのっ」

家斉は我を忘れて、美月の乳房をじかに揉んでいた。お椀形《わんがた》のふくらみを、ぐぐっと揉みこんでいく。

「ああっ、あんっ、やんっ」

美月は家斉のじか揉みにも敏感に応《こた》える。

ああ、なんと極上の揉み心地であるのか。

家斉はそんな美月の反応に煽《あお》られ、調子に乗って揉みしだく。

すると、美月が我に返り、

「あっ、成川様っ、なにをっ」

と、美しい黒目でにらみつける。

「ああ、すまないっ。ああ、申し訳ないっ」

家斉はあわてて手を引いた。

たった今まで揉んでいた乳房には、うっすらと手形がついていた。

よがつけた手形だと、家斉はじっと見入った。

第五章　南蛮《なんばん》渡りの媚薬《びやく》

一

夕刻、いつもの賭場《とば》に藤乃と顔を出すと、代貸の源造が寄ってきた。

「オットセイの睾丸《こうがん》の件、ひとつ薬種問屋を見つけました。草柳堂《そうりゅうどう》の主人が、お会いしたいそうです」

「そうか。では、賭場のあと、さっそく行ってみるか」

「それが、ちょっと条件がありまして」

「なんだ」

「藤乃さんに南蛮《なんばん》から仕入れた新しい媚薬《びやく》を試してみたいと」

「ほう、そうか。よかろう」

「草柳堂の主《あるじ》は、この賭場の常連でしてね、藤乃さんの贔屓《ひいき》なんですよ」

「そういうことか。まあ、よい。オットセイの睾丸が手に入るのならな」

「それは間違いないようです」

どんどん客人が入ってくる。藤乃の正面が空いていたが、源造自らが、ひとりの客人を案内する。かなりの上客のようだ。あぶらぎった顔の男だ。よい身なりをしている。

源造が矢十郎を見て、うなずく。どうやら、この男が草柳堂の主のようだ。

草柳堂の主は、壺振《つぼふ》りの藤乃を食い入るように見ていた。それでいて、豪快に張った。かなり儲《もう》かっているようだ。

こいつが買い占めているのか。それなら話がはやいが。

場が進むにつれ、藤乃の腋《わき》の下が汗ばんでくる。腋の下だけではない。二の腕や鎖骨《さこつ》のあたりも汗ばんでくる。なにより、藤乃は客人たちに見られて、顔を上気させていた。

色香が増してくるのがわかる。恐らく、女陰《ほと》はぐしょぐしょなはずだ。藤乃は露骨に肌を見られると、燃えるたちなのだ。

そんな藤乃を見ていると、新井宿の胡蝶を思い出す。あれもよきおなごだった。胡蝶とのまぐわいを思い出し、腋を見せて壺を振る藤乃を見ていると、魔羅《まら》が鋼《はがね》になってくる。


場が終わると、草柳堂の主とともに賭場を出た。

主は、今日はかなり負けていた。が、機嫌はよかった。

「藤乃さんとお話ができると思ったら、どうも落ち着かなくて、今宵《こよい》はかなり負けましたな」

主は喜三郎《きさぶろう》と名乗った。相変わらず露骨に藤乃を見ている。喜三郎の希望で、藤乃は壺振りの姿のままでいた。

場が終わった直後で、剝《む》き出しの二の腕や鎖骨、それに晒《さらし》から半分はみ出ている乳房が汗ばんでいる。

駕籠《かご》が三丁やってきた。それぞれに乗る。

小半時ほど乗っただろうか、垂れがめくられた。粋《いき》な女将《おかみ》ふうのおなごが立っていた。

「お待ちいたしておりました」

駕籠を降りた。料理屋だった。

媚薬を試すと聞いていたから、家か薬種問屋に連れていかれると思っていたのだが、違っていた。

料理屋の離れに入った。矢十郎と藤乃が並んで上座に座り、喜三郎が下座に座る。喜三郎の視線は、藤乃の剝き出しの肌から離れない。

「さて、オットセイの睾丸を出してもらおうか」

「その前に、お約束どおり、藤乃さんに南蛮からの媚薬を試させていただいて、よろしいですか」

矢十郎は藤乃を見た。壺振りでかなり昂《たかぶ》っている藤乃は、すでに瞳を潤《うる》ませている。

「よかろう」

「では」

と、喜三郎が懐《ふところ》から、なにやら取り出した。軟膏《なんこう》を入れるような瓶《びん》だ。

「では、よろしいでしょうか。あの、乳首をおねがいします」

と、喜三郎が言う。

「乳首……」

「はい、これは乳首やおさねにじかに塗りこむ媚薬なのです」

「じかにか……」

「いかがですか。もちろん、おいやなら、ここまでです」

オットセイの睾丸は出さないということか。

「そもそも、真《まこと》にオットセイの睾丸を持っているのか。今、あれは江戸市中よりなくなっていると聞いているが」

「はい。ふた月ほど前までは高価でしたが、手に入りました。しかし、急になくなってしまったのです。噂《うわさ》では上様が独り占めなさっていると言われています」

「それはないっ」

思わず、そう口にしてしまう。

「えっ……」

と、喜三郎が怪訝《けげん》な顔を向ける。

「権堂様、オットセイの睾丸について、なにかご存じなのですか」

「いや……」

「ご存じなら、教えてくださいませ。オットセイの睾丸はかなり高価で、利幅が大きいのです。あれが手に入らなくなると、かなり困るのです」

知りたいのはこちらのほうだ。

なにも知らないのなら、立ち去るか。

「上様が独り占めするにも、手配している問屋があるのではないのか」

「光明堂《こうみょうどう》です。でも、光明堂がすべてのオットセイの睾丸を集めているようには見えないのです。むしろ、集めていないように見えます」

「そうなのか。では、誰が集めているのか」

「心当たりはあります」

「誰だ」

「その前に媚薬を……乳首を……おねがいします」

さすが儲けている店の主だ。ただでは教えない。

矢十郎はまた藤乃を見る。藤乃の瞳は、乳首やおさねに塗りこむ媚薬と聞いて、さらに潤んでいる。恐らく、いや間違いなく、女陰はどろどろだろう。

藤乃はもともと色ごとが好きなおなごであったが、彦一郎に目をつけられ、奥に呼ばれて、彦一郎の寵愛《ちょうあい》を受けるようになって、ますます色ごとを好むようになっていた。

奥では殿とまぐわうことが仕事だ。朝起きて夜寝るまで、殿とまぐわうことだけを考え、肌を磨いている。実際、藤乃の肌は極上となっていた。奥から離れ、肌に金をかけられなくなったから、その具合も落ちていくかと思っていたが、変わっていない。

――矢十郎様の精汁が藤乃の肌をしっとりさせているのです。

まぐわい、女陰の奥で精汁を受けるたびに、藤乃は荒い息を吐きつつ、そう言っていた。

藤乃が、

「どうぞ」

と、喜三郎に言った。

「ありがとうございます、藤乃さん」

そう言って、喜三郎が近寄ろうとしたとき、

「お待たせしました。お酒をお持ちしました」

と、おなごの声がした。

二

「入れ」

と、喜三郎が言うと、襖《ふすま》が引かれた。さきほど矢十郎を迎えた女将ふうのおな

ごが膝《ひざ》をついていた。

うしろに、ふたりの女中が控えている。

女将ふうのおなごが、

「お初にお目にかかります。三崎屋《みさきや》女将の菊代《きくよ》と申します。これから、どうぞご贔屓に」

と言うと、女中が運んできたお猪口《ちょこ》を矢十郎に渡し、徳利を手にする。

矢十郎がお猪口を受け取ると、どうぞ、と酒を注《つ》いでくれる。

「いただくぞ」

と、喜三郎に向けて、お猪口を上げると、ごくりと飲んだ。その間に、女中たちがお造りを台に運んでいる。

ふたりの女中はすぐに下がったが、菊代は残っている。どうぞ、と喜三郎に酒を注ぐ。

そして、藤乃にもお猪口を渡す。

「どうぞ、景気づけに」

と言って、酒を注ぐ。

景気づけ……これからなにが起こるのか、知っているのか。

藤乃があごを反らし、ごくんと飲んだ。白い喉の動きを見て、ぞくりとする。

喜三郎は見惚《みと》れている。

「もう一杯」

と、藤乃が言う。菊代が二杯目をお猪口に注ぐ。

藤乃があごを反らし、ごくんと二杯目を飲んだ。

はあっ、と火の息を吐く。そして、

「どうぞ、喜三郎さん」

と言った。

喜三郎があらためて媚薬の入った小瓶を手に、にじり寄る。

「よいのか」

と、矢十郎は菊代にあごを向けて、喜三郎に問う。

「構いません」

と言って、藤乃ににじり寄る。手を伸ばせば、晒を下げることができる距離だ。

菊代も参加するということか。もしかして、わしのために用意されているのか。

「乳首を出してみてください」

「喜三郎さんが出してくださいな」

と、藤乃が言う。喜三郎を見る眼差《まなざ》しが絖光《ぬめひか》っている。唇は半開きで、もう閉じることがない。

思えば、藤乃は賭場の最中、ずっと真正面にいた喜三郎の露骨な視線を浴びつづけていたのだ。

「では、遠慮なく」

と言うと、喜三郎が手を伸ばした。胸もとの晒をつかむと、ぐっと引いた。

すると、あっさりと乳房がこぼれ出た。豊満なふくらみだ。

「ああ、なんと」

喜三郎が感嘆の声をあげる。想像していたより大きいのだろう。晒でかなり押さえつけていた。

喜三郎の前で、乳首がぷくっととがっていく。

「では、塗ってみます」

と、喜三郎が言う。声が震えている。蓋《ふた》を開けようとするが、緊張ゆえか、なかなか開かない。

「菊代、開けてくれ」

と、喜三郎が頼む。

菊代がそばに寄り、蓋を開ける。菊代は喜三郎の情婦なのか。

小瓶には透明な軟膏が入っている。人さし指で掬《すく》い、乳首に寄せていく。すると、さらに乳首がぷくっととがった。

「あ、あの……権堂様」

「なんだ」

「あの……その……厚かましい、おねがいなのですが……あの、一度だけ……この乳に顔を埋《うず》めてよろしいでしょうか」

藤乃の乳房は汗ばんでいる。そこから、甘い匂いが薫《かお》ってきているのだろう。顔を埋めたくなる気持ちはわかる。が、そこまでは。

「いいわ。埋めてくださいな」

矢十郎が返事をする前に、藤乃がそう言った。

「よ、よろしいんですか……」

と、喜三郎が矢十郎を見る。

「私のお乳よ。私が決めるわ」

奥で過ごし、藩主の寵愛を受けたあと、矢十郎とともに脱藩して、江戸にたどりつき、壺振りとして生きているうちに、藤乃もすっかり肝《きも》が据わったおなごになっていた。

「そうだな。藤乃の乳だ」

と、矢十郎はうなずく。

では、と喜三郎が藤乃の乳房に顔を寄せていく。鼻が乳房に触れると、

「ああっ」

と叫び、汗ばんだふくらみに顔を埋めていく。

「あっ、あんっ……やんっ……」

とがった乳首を顔面でこすられ、藤乃が甘い喘《あえ》ぎを洩《も》らす。

「うう、ううっ」

藤乃の乳房が豊かゆえに、喜三郎のあぶらぎった顔が埋もれてしまっている。

「喜三郎さん、お乳がとても好きなんですよ」

と、菊代が言う。矢十郎の隣ににじり寄ってくる。

「ああ、ああっ」

火の息を吐き出した藤乃が、喜三郎の後頭部をつかむと、強く押していく。

「う、ううっ、うぐぐっ」

喜三郎がうめきつつ、腰をうねらせはじめる。

「ああ、藤乃さん……気持ちよさそう……」

そう言いながら、菊代が矢十郎の手を取り、身八つ口《みやつくち》へと運びはじめる。

矢十郎はやめろ、とは言わず、そのまま身八つ口に手を入れた。進めると、乳房があった。肌襦袢《はだジュバン》はつけていないようだ。

ぐっと揉《も》む。すると、

「あんっ」

と、菊代が甘い声をあげる。

その声を聞いて、藤乃がこちらを見る。なじるような眼差しが、艶《つや》を帯びている。

「ああ、ああっ、吸ってっ、乳首、吸ってっ」

と、喜三郎の後頭部を押さえたまま、藤乃が言う。

「うう、ううっ」

喜三郎はうめきつつ、乳首を口に含むと吸った。

「はあっんっ」

藤乃が矢十郎を見つめつつ、甲高《かんだか》い喘ぎを洩らす。

矢十郎はぐぐっと菊代の乳房を揉みこむ。すると菊代も、はあっ、と甘い喘ぎ声を洩らした。

「もっと吸ってっ」

と、藤乃が言う。

「ううっ」

喜三郎はうめきつつ、強く吸っていく。

「はあっ、ああ……」

藤乃がさらに甘い声をあげる。矢十郎は菊代の乳房から手を引くと立ちあがり、

「そこまでだっ」

と、喜三郎の髷《まげ》を引いた。

はあはあと喜三郎が荒い息を吐いている。

矢十郎は喜三郎の唾《つば》まみれの乳首に吸いついた。おのが唾に塗りかえるように、
じゅるっと吸っていく。

「ああっ、矢十郎様っ」

藤乃が甲高い声をあげる。

矢十郎は口を引いた。矢十郎の唾に塗りかわった乳首が、ひくひく動いている。

「塗ってよいぞ」

と言うと、ありがとうございます、と喜三郎が南蛮渡りの透明な軟膏を、とがった乳首に塗りはじめる。

「あっ、あんっ、やんっ」

塗られる感触に感じるのか、藤乃が矢十郎を見ながら、火の息を洩らす。

矢十郎はもう片方の乳首を摘《つ》まみ、こりこりところがす。

「ああっ、ああ……」

藤乃ががくがくと躰《からだ》を動かす。

「こちらにも塗らせていただきます」

と、喜三郎が言い、矢十郎がもう片方の乳首から手を引くと、あらたな軟膏を塗っていく。

「しばらく、置きます。菊代、権堂様に酒を」

と言い、喜三郎は手酌《てじやく》で酒を飲む。お造りがあったが、肴《さかな》は媚薬を乳首に塗られた藤乃だ。

どうぞ、と言われ、お猪口を持つと、菊代が酒を注いでくる。

「権堂様とこうしてお近づきになれて、うれしいです」

と、喜三郎が言う。

「権堂様、あちらの元気がなくて、オットセイの睾丸を探していらっしゃるのではないのでしょう」

と聞いていた。

三

「えっ、いや……」

不意に図星をつかれ、矢十郎は返事に窮した。菊代が矢十郎の股間に手を伸ばし、着物と下帯《したおび》越しにつかんできた。

「オットセイの睾丸なんていりません」

と、菊代が言う。

「やっぱり」

と、喜三郎はうなずく。

「いや、今宵は元気がよいが、毎晩となると、ちとな」

「うそばっかり」

「権堂様とお近づきになれたお礼として、内密の話をしましょう」

「内密……」

矢十郎は身を乗り出す。菊代は股間を着物越しにつかんだままだ。

「薬種問屋の間で、いろんな噂が飛び交っているんですよ」

「噂……」

「オットセイの睾丸を独り占めにしているのは上様ではなくて、反上様の者たちではないか、とか」

「なにっ」

思わぬ話を聞かされ、矢十郎は大声をあげる。

「やっぱり、睾丸目当てじゃないのですね」

喜三郎がしたりという顔をする。

「あ、ああ……ああ、乳首……ああ、ああ、乳首……」

藤乃が切羽詰《せっぱつ》まった声をあげる。

上半身を震わせている。媚薬を塗りまれた乳首は、これ以上とがりきれないというほどとがっていた。

「あの、おさねにも塗ってよろしいですか」

「えっ、ああ、そうだな」

寛政の改革を主導した松平定信《まつだいら》が失脚したあと、それを引き継ぐ形で定信の息がかかった者たちが定信の政策を継続していたが、家斉の側用人であった水野忠成が老中首座に任じられて、定信派は消えた。

定信派はいわば緊縮財政派で、忠成は家斉と同じ反緊縮財政派であった。

定信派は消えてなくなったかと思っていたが、家斉の失脚を狙《ねら》い、裏で動いているのか。

これは一大事である。

藤乃が自ら小袖《こそで》を脱いだ。

いきなり恥部があらわれる。

「これは、なんと。腰巻はつけずに、壺を振っておられたのか」

と、剝き出しの股間を目の当たりにして、喜三郎が目を見張る。

「腰巻のような野暮なものはつけません」

と、藤乃が言う。

藤乃の恥毛は薄く、割れ目が剝き出しとなっている。その頂点で、おさねが息づいている。

「さあ、塗ってくださいな」

乳首の疼《うず》きに瞳を潤ませている藤乃が、誘うように喜三郎を見つめる。

「では、遠慮なく」

透明の軟膏を人さし指に塗《まぶ》すと、おさねに向けていく。

喜三郎の指が迫っただけで、藤乃が熟れた裸体を震わせる。

ぞろり、と軟膏をおさねに塗る。それだけで、

「はあっんっ」

と、藤乃が甘い声をあげて、膝立ちの裸体をがくがくと震わせる。

「ああ、乳首を、乳首をいじってくださいっ」

と、藤乃がすがるように喜三郎を見つめる。

「かなり媚薬が効いてきていますな」

と、喜三郎がにやける。乳首には触れない。

さらにおさねに媚薬を塗っていく。

「あ、あああっ……いい、いいっ」

藤乃の肌にあぶら汗が浮かんでくる。矢十郎の鼻孔もくすぐってくる。

「しばらく置きましょう」

と言って、喜三郎が藤乃から離れる。

乳首とおさねにたっぷりと媚薬を塗りこまれた藤乃が、恨めしげに矢十郎を見つめている。自然と腰がうねっている。

「反上様の息がかかった薬種問屋が、オットセイの睾丸を独り占めにしているのか」

「そんな噂もあります。上様御用達《ごようたし》の光明堂が集めている様子がないのです。むしろ、オットセイの睾丸を求めて奔走《ほんそう》しているようなのです」

「そうなのかっ」

「恐らく、オットセイの睾丸を市中からなくし、上様が独り占めにしているという噂を流して、不満を募《つの》らせる意図なのではないか、と思っています」

「そうか」

民の不満はこういうところからじわじわと大きくなるものだ。

実際、上様は民の不満がたまるのを案じて、オットセイの睾丸を独占している者を探せと命じられている。それが定信の息がかかった残党であったら、一大事である。

「ああ、ああ……ああ……乳首を……ああ、おさねを……いじってください」

藤乃が火の息を吐きつつ、矢十郎と喜三郎にすがるような目を向けてくる。

「たまりませんな」

喜三郎の目が異様な光を帯びてくる。

「ああ、オットセイの睾丸なしでも勃起しています。これだけの刺激があれば、オットセイの睾丸などいらないのですね」

「そうであるな」

矢十郎はふだんから勃起しまくりであったが、今宵はいちだんと力強く勃起している。下帯から解放してやりたい。

「ああ、乳首を……ああ、おさねをいじってください……ああ、矢十郎様、おねがいします」

藤乃がすがるような目を向けてくる。

矢十郎は喜三郎を見た。喜三郎がうなずくのを見て、藤乃に迫る。

「ああ、矢十郎様っ、乳首と、おさねを……」

矢十郎は乳首を摘まんだ。たったそれだけで、

「いいっ」

と、藤乃が甲高い声をあげる。

「もっとっ」

　矢十郎は右の乳首をいじりつつ、おさねを摘まむ。こりこりといっしょにころがす。

「ひいっ」

　と絶叫し、藤乃はあぶら汗まみれの裸体をがくがくと痙攣《けいれん》させた。

「気をやったのか」

　矢十郎の問いにも、荒い息を吐くばかりで答えられない。

「すさまじいですな」

「ああ、私も媚薬が欲しいです」

　と、菊乃が言う。

「いいだろう。裸になれ」

　と、喜三郎が言うと、菊代が小袖の帯を解《ほど》きはじめる。

　矢十郎はそれを見ながら、あらためて藤乃の乳首とおさねをいじる。

「いい、いいいっ……いいのっ……躰が熱いのっ……ああ、乳首もおさねも燃えているのっ」

　藤乃が叫ぶなか、菊代が小袖を脱ぐ。

　いきなり裸体があらわれた。

「ほう、菊代さんも腰巻なしか」

藤乃に負けない豊満な乳房と誂るような肌の持ち主である。

「おなごに肌襦袢も腰巻もいりませんよね。そう思いませんか」

「そうであるな」

喜三郎とは確かに気が合う。

「権堂様、菊代に塗ってやってください」

と、喜三郎が南蛮からの媚薬が入った小瓶を矢十郎に渡してくる。矢十郎は藤乃の乳首から手を放し、小瓶を受け取る。

「ああ、もっと乳首を……」

と、藤乃がなじるような目を向けてくる。

菊代が裸体を寄せてくる。藤乃の前で豊満な乳房を突き出してくる。すでに乳首はとがっている。

「権堂様、菊代にも媚薬をください」

と言う。

矢十郎は藤乃のおさねからも手を引くと、小瓶に入った軟膏に指を入れる。そして、たっぷりつけた軟膏を藤乃の前で菊代の乳首に塗っていく。

「あんっ……」

菊代がぶるっと上体を震わせる。絖白い肌から、甘い体臭が薫ってくる。発情した藤乃を見せつけられて、菊代も昂っているようだ。

左右の乳首を媚薬で塗すと、おさねにもください、と菊代が言う。声が甘くかすれている。

矢十郎は言われるまま、藤乃の前で菊代のおさねにも媚薬を塗っていく。

「はあっ、ありがとうございました。お礼です」

と言うなり、菊代が矢十郎の口に唇を重ねてきた。

あっと思ったときには、ぬらりと舌が入っていた。

「矢十郎様っ」

藤乃が目を見張る前で、矢十郎は菊代と舌をからめる。喜三郎の女だけあって、舌遣《したづか》いがとろけるようだ。

舌をからめ、唾の味を味わっているだけで、我慢汁が大量に出てしまう。

「ああ、もう我慢できませんな。穴に入れないと、収まりがつかなくなってしまいました」

見ると、いつの間にか喜三郎も着物を脱いでいた。褌《ふんどし》を取ると、見事に勃起させた魔羅があらわれる。

矢十郎と口吸いを続ける菊代の背後に立つと、尻たぼをつかみ、うしろ取りで入れていった。

「ううっ」

火の息が矢十郎の口に注ぎこまれる。

菊代は矢十郎のために用意したのではなく、自分が入れるための穴として用意したようだ。

まあ、矢十郎のゆるしなく、藤乃に入れるわけにはいかないか。

「うう、ううっ、ううっ」

喜三郎が突くたびに、菊代が火の息を吹きこんでくる。

「矢十郎様っ、藤乃にも入れてくださいっ」

藤乃が矢十郎の帯に手をかけてきた。前をはだけると、下帯を取ってくる。

喜三郎に負けないくらい見事に勃起させた魔羅があらわれる。

「ああ、こんなに我慢のお汁が」

真っ白な先端を、藤乃が咥《くわ》えてくる。

「うう……」

菊代と舌をからめつつ、藤乃に鎌首《かまくび》を吸われ、矢十郎は柄にもなく腰をくねらせる。すると、さらに深く藤乃が魔羅を咥えてくる。

菊代が唇を引いた。

「ああ、いい、魔羅いいっ」

うしろから突かれながら、菊代が愉悦の声をあげる。まだ、媚薬は塗ったばかりで効いていないはずだが、この異常な状況に燃えあがっているようだ。

それは喜三郎も同じのようで、

「ああ、大きいっ、ああ、すごく大きく……ああ、硬いですっ、喜三郎さんっ」

菊代がそう叫ぶ。

「オットセイの睾丸なしでもびんびんになりますな、権堂様」

「そうであるな」

「もうひとつ、噂をお話しします」

菊代を突きつつ、喜三郎がそう言う。

「なんだ」

と問いつつ、矢十郎は藤乃の唇から魔羅を抜く。そして、四つん這《ば》いになれ、と言う。藤乃はすぐさま菊代に顔を向ける形で四つん這いになり、むちっと熟れた双臀《そうでん》をさしあげてくる。

矢十郎はすぐさま鋼の魔羅でずぶりと突き刺した。

「ひいっ」

藤乃が絶叫し、あぶら汗まみれの裸体をがくがくと痙攣させる。

「ほう、一発で気をやりましたか。さすがですな」

「それで、もうひとつの噂とはなんだ」

強烈な締めつけに耐えつつ、矢十郎はずどんずどんと藤乃を突いていく。

「ひ、ひぃっ」

と、藤乃が絶叫する。

「うるさいぞ、藤乃。おとなしくよがれ」

と言って、ぱんぱんと尻たぼを張る。するとまた、

「いくっ」

と叫び、裸体を痙攣させる。

「上様御用達の光明堂が、オットセイの睾丸探しに、血眼《ちまなこ》になっている話をさきほどしましたよね」

「そうだな」

「どうやら、もう品がないらしいのです」

「御用達に品がない。それは……」

「はい。上様のお口に、オットセイの睾丸が入らなくなりそうなのです」

「なんとっ」

ずどんっと子宮《こつぼ》を突く。

「ひいっ」

と、またも藤乃が気をやる。

「ああ、おさねを、おさねをいっしょにっ」

と、菊代が訴えはじめる。どうやら、媚薬が効きはじめたようだ。

喜三郎が手を前に伸ばし、菊代のおさねを摘まんだ。すると、

「ひいっ」

と、藤乃と張り合うかのように、菊代が歓喜の声をあげる。

喜三郎はおさねをひねりつつ、うしろ取りで突いていく。

「いい、いい、いくいく、いくっ」

すぐさま菊代が絶叫し、藤乃に負けじと、あぶら汗まみれの裸体を痙攣させた。

「上様のお口にオットセイの睾丸が入らなくなると、どうなるのだ」

「それはまあ……弱っていかれるでしょうね」

「なんと」

家斉がオットセイの睾丸を独り占めにしているという噂を流しつつ、家斉自身には兵糧攻め《ひょうろうぜ》めをしかけるとは、間違いなく反家斉派の者たちの仕業だと思った。

四

朝餉《あさげ》。家斉は吉宗の頃とは違い、朝から贅沢《ぜいたく》なものを食していた。刺身に、焼きもの、それに汁。そして、オットセイの睾丸をすりつぶしたものを食していた。

が、今朝はオットセイの睾丸をすりつぶしたものがない。

「睾丸がないぞっ」

と、側用人に告げる。すると、

「上様、大変申し訳ございません。今、睾丸を切らしておりまして」

と言った。

「なにっ」

家斉は食事のたびに、オットセイの睾丸をすりつぶしたものを食していた。精力をつけるために食していたが、もう習慣になっていて、食さないと一気に精力が衰える気がした。

「光明堂はなにをしているのだっ」

「急に、オットセイの睾丸が手に入らなくなったそうで、今、血眼になって探していると聞いております」

畳に額を押しつけんばかりに頭を下げつつ、側用人がそう答えた。

「そもそも、このところ、市中からオットセイの睾丸が消えているという話を聞いていたが」

「はい。それでも、光明堂にはあったのですが、賊《ぞく》に入られたようでして」

「賊だと」

「はい。千両箱にはいっさい手をつけず、オットセイの睾丸が入った箱だけを盗んでいったらしいのです。それで今、泡を吹いて探しまわっているところです。もうしばらくお待ちくださいませ」

尋常《じんじょう》ではない、と家斉は思った。

光明堂は幕府御用達の薬種問屋であると、誰でも知っている。光明堂のオットセイの睾丸を盗めば、家斉が弱っていく。そこまで考えて盗みに入ったのでは。

このようなことをやるのは……。

「誰だ」

失脚させた定信の顔が浮かぶ。定信を失脚させてからも、その息のかかった者たちで政《まつりごと》をやっていた。松平信明《のぶあきら》が亡くなってから一気に緊縮財政派は一掃《いっそう》した。が、いまだに幕府の財政のためには緊縮したほうがよいと考える一派がいる。その者たちが、よの失脚を画策しているのか。失脚どころか、命まで狙っているのか。

ありうる。

しかし、緊縮財政のなにがよいのだ。今を見ろ。活発な経済活動のなか、江戸市中の民はいきいきしているではないか。賄賂《わいろ》がはびこり、一部の商人たちの懐が潤っているところはあるが、些細《ささい》なことだ。

朝餉を食したが、オットセイの睾丸を食さなかったゆえか、どうも朝から力が出なかった。

白書院《しろしょいん》。ひとりの大名が額を畳に押しつけていた。

「面《おもて》を上げ」

座した家斉が声をかけた。

長峰藩主長峰彦一郎が顔を上げる。参勤交代で江戸にやってきた挨拶《あいさつ》であった。

「彦一郎」

ひととおり定石《じょうせき》の挨拶が終わったあと、家斉が声をかけた。これはたいそう珍しく、

「はっ」

と、彦一郎が緊張した声をあげる。

「奥で派手にやっているそうであるな。よの耳にまで届いておるぞ」

「はっ」

返事しかしない。

「おなごの乳はよいものよのう、彦一郎」

「はっ」

「特に高岡美月の乳はよい」

井戸端でつかんだ美月の乳房の感触を思い出し、家斉は白書院の上座で勃起させる。

ほう。オットセイの睾丸なしでも元気ではないか。これは美月だからか。

「えっ……」

かなり不意をつかれたのか、彦一郎が間抜けな声を出す。そして、あらためて、

「はっ」

と、返事をした。

「高岡美月に寝間から逃げられたそうであるな」

「はっ」

「今、江戸におる」

「はっ」

「高岡美月は生娘《きむすめ》のままだ」

「えっ」

またも不意をつかれたようで、彦一郎が素《す》っ頓狂《とんきょう》な声をあげる。

「高岡美月の生娘の花はよが散らそうと思う。よいな、彦一郎」

「は、はあっ」

と、彦一郎は畳に額をこすりつけた。

五

「ご主人にお会いしたいのですが」

美月は道場を休んで、益田屋を訪ねていた。益田屋は高利貸で有名で、裏長屋の住人たちはみな知っていた。ただ、紹介がないと会わないが、きれいなおなごなら会うと言われた。

「美月様ならすぐに会ってくれるけど、あそこから金は借りないほうがいいよ」

と、井戸端で長屋のおかみたちに心配されたが、隆之介ではなく、美月が会いに行くことにした。隆之介だと門前払いを食らうだろうからだ。

昨晩、矢十郎が訪ねてきて、江戸のすべての薬種問屋からオットセイの睾丸が消えてしまった、と告げられた。御用達の光明堂からもなくなるという異常事態になっていると言った。

——薬種問屋以外の者がオットセイの睾丸を集めている可能性があってな、薬種問屋でなければ、見当がつかないな。

と、矢十郎が言っていた。

そのとき益田屋のことが美月の頭に浮かんだが、黙っていた。あまりに漠然《ばくぜん》としていたからだ。妾《めかけ》を六人も囲っている単なる好き者ゆえに、オットセイの睾丸を多く持っているにすぎないかもしれないからだ。

いや、たぶんそうだろう。でも、ちょっとした手がかりでも無視できないと思い、訪ねていた。

益田屋の店は浅草《あさくさ》の裏手の奥山《おくやま》にあった。しかも普通の家で、看板すら出ていなかった。

玄関に出てきた番頭らしき男は、美月を上から下まで舐《な》めるように見た。美月は、今日はきちんと髷を結い、小袖も品のよいものを着ていた。どこぞの武家の娘ふうだ。

「今、主はおりませんで。しかし、その……あなた様ならお会いになられるでしょう」

「いないのに、会えるのですか」

「はい。いないのに、会えます。お会いになりますか」

「おねがいします」

「では、どうぞ。私は番頭の吉弥《きちや》と申します」

と、番頭が名乗り、先を歩きはじめる。廊下を奥に進むにつれ、空気が淫猥《いんわい》なものに変わってくる。甘いのだ。おなごの体臭であろう。しかも、ひとりのものだけではなかった。

「ああっ、あんっ、はあっ、あんっ」

おなごたちの嬌声《きょうせい》が聞こえてくる。美月は足を止めた。

「いかがなさいましたか」

「益田屋さんは今、お忙しいのではないですか」

「忙しいですけれど、あなた様にならお会いになります」

おねがいします、と言うと、吉弥が突き当たりの襖越しに、

「お客様がおいでです」

と言った。

「上物《じょうもの》か」

と、襖の向こうから声がした。

「それはもう」

と、吉弥が答える。

「いいぞ」

と、声がする。吉弥が襖を開いた。

美月の視界に、三人のおなごの尻が入ってきた。

みな、四つん這いでこちらに尻を向けている。全裸だ。

そしてこちら側に、ひとりの男が座していた。金蔵であろう。楊弓《ようきゅう》を手にしていた。矢を放つと、真ん中のおなごの尻に当たった。

「あんっ」

と、真ん中のおなごが甘い声をあげる。部屋は十二畳ほどか。三人のおなごたちはみな、あぶら汗まみれで、むせんばかりの体臭に包まれていた。

金蔵が振り向いた。

美月を見て、ほう、と目を見張る。

「いくら欲しいのだ」

と、いきなり聞いてきた。

「あの、お金ではなくて……」

「ほう。金じゃない。というと、わしの妾になりたいのか。では、躰を見せてくれ」

と、金蔵が言う。

「いえ、あの……その……」

いきなり、オットセイの睾丸が、と口にするのが恥ずかしくて、美月は言いよどんでしまう。

金蔵が立ちあがった。美月の美貌《びぼう》に顔を寄せてくる。

「どこかで見たことがあるような気がするぞ」

と言う。

「私もそう思いました」

「どこだ」

「ああ、わかりましたっ。読売の似顔絵で見たんですっ」

と言って、吉弥が座敷の端に走り、文箱《ふばこ》から一枚の紙を取り出した。

「旦那《だんな》様、これです」

そこには、井戸端で乳房をまる出しにさせて汗を拭《ぬぐ》っているおなごの絵が描かれていた。おなごの顔は、美月に似ていた。

「ほう。そうだ、そうだ。あんた、おなごの剣術使いだろう。いやあ、絵より美人だな。こういうことはめったにない。ほう、ほう」

と、感心したような顔で美月の顔を見つめ、そして小袖の胸もとに目を向ける。

そして描かれた乳房を見て、また胸もとを見る。

「おなごの剣術使いが、なんの用だ」

「その、オットセイの睾丸を分けていただきたいのです」

美月がオットセイの睾丸と口にした刹那《せつな》、ずっと卑猥《ひわい》な目をしていた金蔵の目がきらりと光った。

「オットセイの睾丸とな。私は高利貸だ。オットセイの睾丸なら、薬種問屋に行ったらどうだい」

「今、どこの薬種問屋にもオットセイの睾丸はないのです」

「そうなのか」

「益田屋様がお持ちだと聞いて、それで分けていただけないかと……ずうずうしいおねがいですけれど……」

「なにゆえ、オットセイの睾丸がいるのだ」

「それは……その……」

「まぐわう相手がいるのか」

「許婚《いいなずけ》がおります。ともに住んでおります」

「ほう、許婚の勃《た》ちが悪いというのか」

「は、はい……」

「これだけの美貌と乳がありながら、それを見て勃たないことなどあるのだろうか。なあ、吉弥」

と、金蔵が番頭に問う。

「そうでございますね。ありえませんね」

「勃たないのです……」

美月は真っ赤になっていた。

「わしがオットセイの睾丸を持っていると、誰から聞いた」

「それは、噂です……お妾を六人もお持ちで……それで、その……」

「噂ねえ」

金蔵が疑わしそうに美月を見つめる。

「おなごの剣術使いが、高利貸のわしのところに、噂だけでオットセイの睾丸を求めてくるとは、なにか裏があるな」

「そのようなものはありません」

「脱いでくれ」

「えっ……」

「ただでオットセイの睾丸を渡すわけにはいかぬ」

「お金なら、お払いします」

「百両《りょう》だ」

「えっ……」

金蔵が懐から三角に折った小さな紙を取り出した。それを開くと、粉があらわれた。ほんのふた握りほどだ。

「これがオットセイの睾丸だ。これで百両だ」

「そ、そんな……」

「ただ、裸になってくれたら、これをさしあげよう。どうだ」

「それだけですか」

と、美月は問う。すると金蔵が、見せてやれ、と番頭に言う。

三人のおなごは四つん這いのまま、ずっと尻をこちらに向けている。

吉弥が部屋の端に向かい、大きな箱を持ってきた。そして、蓋を開いた。

「あっ……」

箱いっぱいに、三角に折られた紙が入っていた。どれくらいあるのか見当もつかない。もしかしたら、江戸市中にあったオットセイの睾丸すべてがここにあるようにさえ見えた。

「あの、こんなにたくさんのオットセイの睾丸をどこで手に入れたのでしょうか。薬種問屋にもないものが、ここにこんなにあるなんて……」

「さあな。まずは脱いでくれ。おまえがいろんなところを見せてくれたら、私もいろんな話をして聞かせよう」

と、金蔵が言う。

美月はただただオットセイの睾丸が欲しくて訪ねてきたおなごだとはもう思われていない、と感じた。

でも、もうあとには引けない。いずれにしろ、ここに大量のオットセイの睾丸があるのだ。

この金貸しはただの金貸しではない。

いきなり核心に触れていた。単身で飛びこんでしまった。

「どうした。ああ、名を聞いてなかったな」

「美月です」

と名乗る。そして立ちあがると、小袖の帯に手をかけた。

六

結び目を解く。

小袖の前がはだけ、肌襦袢があらわれる。

すると、金蔵も着物を脱ぎはじめた。

「なにをなさっているのですか」

金蔵は着物を脱ぎ、褌も取った。見事に反り返った魔羅があらわれる。

「脱ぐ前から、こんなになったのは久しぶりだ」

「私は……そのようなことはしません……」

「そのようなこととはなんだ」

金蔵が反り返った魔羅をぐいっとしごく。

帰ります、と言いそうになる。が、我慢する。この金貸しこそ、オットセイの睾丸を独り占めにしている男だ。

ここで帰るのはありえない。藤乃なら、ここで色香で相手を落とすことができるかもしれない。

でも、私は……生娘なのだ……そして、それを捧げる相手は隆之介だけだ。

「安心しろ。あんたには、いきなりは入れない。ここに入れる穴は三つあるからな。麻里《まり》、来い」

と、三人並んだ裸のおなごに金蔵が声をかける。すると、右端のおなごが立ちあがった。こちらを見る。はっとするような美形のおなごだった。乳房もたっぷりと張っている。

麻里が金蔵の隣にやってきた。反り返った魔羅にいきなりしゃぶりつく。

「これで安心だろう、美月」

もう呼び捨てである。なにも安心できなかったが、立ち去ることはできない。ここで立ち去ったら、これから、上様から下知《げち》を受けることはないだろう。

美月は小袖を脱いでいく。肌襦袢の腰紐《こしひも》に手をかける。

「うぐぐっ」

金蔵の魔羅を咥えている麻里がうめく。

「吸え」

と、金蔵が麻里の頭を押す。たくましく勃起した魔羅が、すべて麻里の口の中に吸いこまれていく。

美月は腰紐も解いた。肌襦袢をはだけていく。

乳房があらわになった。お椀形《わんがた》の乳房だ。

美月は肌襦袢を躰の曲線に沿って下げていく。

腰巻だけの躰があらわになる。

「口を引け。四つん這いだ」

と、金蔵が言う。麻里が唇を引く。唾がねっとりと糸を引く。美月に美貌を向けた形で四つん這いになると、尻を金蔵に向けてさしあげていく。

金蔵はすぐさま、うしろ取りで突いた。

「ああっ……金蔵様っ……」

麻里の眉間《みけん》に縦じわが刻まれる。

「わしの魔羅は女陰の中だ。安心して、腰巻も取ってくれ」

「なにもかもさらしたら、金蔵様もなにもかも秘密を話してくださるのですね」

「ああ、そうだ」

「信じてよいのですね」

「わしは騙《だま》すようなことはしない。どうしてここに江戸中のオットセイの睾丸があるのか、話してやろう」

「おねがいします」

美月は腰巻に手をかけた。

「いいっ、魔羅、いいっ」

麻里が叫ぶ。女陰の中で、さらに太くなったようだ。

腰巻を取った。割れ目があらわれる。

その刹那、吉弥が動いた。いきなり天井に向かって苦無《くない》を放ったのだ。

一本、二本、三本。

「ぐえっ」

と、天井より、うめき声がした。

あれは、早翔《はやと》っ。

右手の襖が開き、ふたりの男が入ってくる。ふたりとも槍《やり》を手にしていた。天井に向けて突き刺していく。

天井板が開き、男が落ちてきた。

「早翔さんっ」

思わず、名前を呼んでいた。

早翔は鳶職《とびしょく》のなりをしていた。その足の裏に天井板を突き抜けた苦無が突き刺さっていた。

ふたりの男が畳に落ちた早翔に槍を向ける。足の裏には天井の板が貼《は》りついていて、早翔は動けずにいた。

「知り合いか。いや、仲間か」

と、金蔵が美月に聞いた。

「えっ、いえ……知りません……」

あまりに意外なことで、美月は混乱して、愚かな返事をしてしまう。

混乱したままだから、乳房も割れ目も剝き出しのままでいる。

金蔵はこういうときでも落ち着いて、美月の割れ目を見ている。

吉弥が美月の両腕をつかんだ。お尻の上で両手首を交叉《こうさ》され、手首を紐で結ばれる。あっという間の早業である。

うしろ手に縛られた美月は足を払われた。あっ、と尻から倒れると、今度は両足をつかまれた。足首をそろえられ、それも紐で縛られた。

吉弥はただの番頭ではなかった。金蔵もただの好色な高利貸ではないようだ。

完全に、本命に到達していたのだ。が、美月だけではなく、早翔も捕まってしまった。

早翔はずっと美月を見張っていたのだ。まったく気づかなかった。さすが、上様のお庭番だ。

ずっと天井裏から様子をうかがっていのだろう。

では、なぜ吉弥に気づかれたのか。

「よく気づいたな、吉弥」

と、金蔵が褒《ほ》める。

「美月が割れ目を出した刹那、天井から気配を感じたんですよ。ずっと気配を消して潜んでいたのに、美月の割れ目を見て、気配をあらわにさせてしまったということです」

早翔の腕をつかみ、背後にねじあげながら、吉弥がそう答える。

「なるほどな。美月の躰がそそりすぎたか」

私の割れ目のせいで……早翔は気配をあらわにさせた……。

上様のお庭番が、割れ目を見て……相手に気づかれてしまった……そんなこと……。

両腕を縛りあげると、吉弥が板を通している苦無を早翔の足の裏から抜く。

「うう……」

早翔が苦悶《くもん》の表情を浮かべる。吉弥はすぐさま早翔の両足首も紐で縛りあげた。

裸の美月と鳶職のなりをした早翔が、両手両足を縛られたかっこうで、並んで寝かされた。

「さて、誰の命で動いている」

と、金蔵が早翔に聞く。

早翔は黙ったままだ。

すると金蔵は早翔ではなく、美月に手を伸ばしてきた。たわわな乳房をむんずと鷲《わし》づかみにする。

「ううっ」

という美月のうめき声をかき消すように、

「やめろっ」

と、早翔が叫んでいた。

「ああ、いい乳だ。たまらぬな」

金蔵はふたつのふくらみをこねるように揉んでくる。

「うう、うう……」

美月はすんだ瞳で金蔵をにらみあげる。

「ああ、なんて目でわしを見るんだ。そんな目でわしを見るのは、借金が返せなくて、吉原《よしわら》に売られるおなごだけだ」

金蔵は嬉々《きき》とした顔で、さらに揉みしだいてくる。

「やめろ……美月さんの乳から手を放せっ」

と、早翔が言う。

「おまえ、美月に惚《ほ》れているのか。いや、違うな。どうしてそんなにこだわる」

金蔵が乳房から手を引いた。

「ほう。もうわしの手形がついているぞ」

色白で繊細《せんさい》な肌ゆえに、はやくも金蔵の手形がお椀形のふくらみにうっすらとついている。

乳首もとがりはじめている。

「乳もみで感じたか、美月」

金蔵の手が下腹部へと下がっていく。

「やめろっ」

またも早翔が言う。

確かに、早翔は私の身を案じすぎている気がする。割れ目を見て、気配をあらわにさせたのは、私に惚れているからか……そうなのだろうか。違う気がする。早翔はお庭番なのだ。それくらいで気配をあらわにさせるだろうか。

金蔵が割れ目に触れた。

「やめろっ」

またも早翔が叫ぶ。

「誰の命で動いている」

と、金蔵が聞く。

「知らぬっ」

早翔が叫ぶ。

「そうか」

金蔵が割れ目をすうっとなぞる。

「や、やめてください……」

何度か上下に指を這わせていた金蔵が、おや、とつぶやいた。

七

「もしかして、生娘か」

「はい……」

と、美月は返事をする。

「ほう。そうか。生娘か」

確かめるぞ、と言うなり、金蔵が割れ目をくつろげた。

「いやっ」

と、美月が両足を縛られた裸体をくねらせるなか、

「これは、なんと」

と、金蔵がうなり声をあげる。

「生娘ですか」

と、早翔のそばにいる吉弥が問う。

「吉弥、おまえも見てみろ。これだけのものはめったに見られないぞ」

金蔵に言われ、吉弥が美月のそばに寄る。そして、金蔵がくつろげたままの割

れ目の中に目を向ける。

「これは、なんとっ……美しいですね」

「そうだ。きれいだ。きれいなのに、誘っているぞ。入れてください、散らしてくださいと」

「うそですっ」

と、美月が叫ぶ。

「うそではないぞ。この花はすぐにでも散らされたがっている花だ、ああ、たまらんっ」

そうなるなり、金蔵が顔面を押しつけてきた。

花びらにじかに金蔵の鼻を感じた。

「いやっ」

「やめろっ。顔を上げろっ。おまえの鼻で穢《けが》すなっ」

早翔が叫ぶ。

「おまえ、早翔と言ったな。美月に惚れているのか。いや、違うな。おまえの主を思って案じているのだな」

主を思って案じている。

どういうことだ。早翔の主は、上様だ。

「おまえ、もしや、美月の花びらを守るために、天井裏に忍んでいたのか」

と、金蔵が言う。

ばかな。そんなこと……。

「どうなんだ」

早翔が黙っていると、金蔵が美月の恥部から顔を起こし、股間を向けはじめた。

金蔵の魔羅は天を衝《つ》いたままだ。

その矛先《ほこさき》が、花びらに迫ってくる。

「やめろっ、やめるのだっ」

「どうしてだ」

「その花びらはっ」

「その花びらはどうした」

早翔が答えないでいると、金蔵が鎌首を割れ目に当てる。ちょっとでも進めれば、あっさりと散ってしまう。

「いや、いやですっ。花びらを散らしてよいのは、隆之介様だけですっ」

と、美月が叫ぶ。悲痛な顔で金蔵を見つめる。

「隆之介、誰だ」

「許婚ですっ」

と、美月は叫ぶ。

「許婚はまだ、手を出していないのか。どこかの藩士か」

「脱藩したっ。藩主の慰め者になる前に、ふたりで逃げたのですっ」

「ほう。それはすごいな。ますます価値が上がるな」

と言いつつ、金蔵は鎌首を割れ目にめりこませようとする。

「やめろっ。その花びらは、上様がお散らしになるのだっ」

早翔が叫んだ。

第六章　御前様

一

美月の割れ目にめりこもうとしていた鎌首《かまくび》が止まった。

「今、なんて言った」

金蔵が早翔《はやと》に尋《たず》ねる。

「その花びらは、上様がお散らしになるのだ。おまえなどが散らしたら、即首が飛ぶぞ」

「早翔さん……それは、真《まこと》なのですかっ」

と、美月が聞く。

早翔はそれには答えない。

「ということは、おまえは上様のお庭番か」

と、吉弥が早翔に聞く。

「知らぬ……」

と、早翔が言う。

「今さら、知らぬはないだろう」

「そうだな。正直に話さないと散らすぞ」

と言って、また金蔵が鎌首を割れ目に向けてくる。

が、めりこませようとして、できなかった。一気に萎《な》えてきたのだ。

「旦那様《だんなさま》……」

吉弥が驚きの目を向ける。

「そうだ。それでよい。金貸しの分際で上様の花びらを散らすなど、恐れ多いだろう」

と、早翔が言う。

金蔵は、うるさいっ、と言うと、美月の股間に顔を埋《うず》めた。割れ目を開き、花びらに鼻を押しつけてくる。

「ああ、やめてっ」

「やめろっ、金蔵っ」

「うう、ううっ……ううっ、上様の花びらだっ、ああ、ああっ、たまらんっ」

萎えていた魔羅《まら》が、瞬《また》く間に天を衝《つ》いた。

「散ったら、どうするっ」

早翔が叫ぶ。

「安心しろ。わしが散らすことはない。これは御前様に進呈することにするぞ。御前様、たいそう、お喜びになるはずだ」

そうですね、と吉弥と槍《やり》を持っているふたりの男がうなずく。

「御前様とは誰だっ。誰が、おまえにオットセイの睾丸《こうがん》を独り占めするように命じたんだっ」

「さあな」

金蔵がおさねを摘《つ》まんできた。こりこりところがしはじめる。すると、せつない刺激を覚え、美月は思わず、

「あんっ」

と、甘い声を洩《も》らしてしまう。

「ほう。なかなか具合がいいようだな」

金蔵の目が光る。そしてまた、美月の股間に顔を埋めてきた。今度は花びらで

はなく、おさねをぞろりと舐《な》めてくる。

「はあっんっ」

このようなときなのに、感じてしまっている。

どうして、どうして感じるの……ああ、隆之介様っ、美月をお助けください。

美月は金蔵におなごの急所を舐められながら、許婚《いいなずけ》のこと思う。

金蔵が顔を上げた。花びらを見る。

「おう。蜜《みつ》が出てきたぞ。ああ、御前様に味わっていただきたいな。上様秘蔵の蜜だぞ」

そう言うと、金蔵が舌を出し、ぞろりと花びらを舐めてくる。

「やめろっ」

と、早翔が叫び、

「あんっ」

と、美月が甘い喘《あえ》ぎを洩らしてしまう。

「美月さん、感じてはだめだっ。どうして感じるのだっ」

「あ、ああ、ごめんなさい……なぜか……あ、ああんっ……声が出てしまうのです」

「こらえるのだっ」

「はい……あ、ああんっ、やんっ」

こらえようと思えば思うほど、なぜか感じてしまう。

「ああ、入れたくなったぞ」

と叫び、金蔵が魔羅をしごく。

「入れるなっ」

早翔が叫ぶなか、金蔵はそばにいた麻里の尻をつかむと、うしろ取りで入れた。

「ああっ、硬いですっ」

麻里がいきなり歓喜の声をあげる。

「どろどろだな、麻里」

「いい、いいっ、いいですっ」

金蔵は激しく突いている。が、その目は美月の恥部に向いている。開いていた割れ目が閉じていく。

「吉弥っ、割れ目を開けておけっ」

と、金蔵が命じる。

吉弥が言われるまま、閉じていく美月の割れ目に指を添え、開いていく。

美月のすべてが、ふたたびあらわになる。可憐《かれん》な桃色の花びらが蜜で光りはじめている。

「ああ、私はすべてをさらしました……ああ、金蔵様もすべてを……ああ、お話しください」

「いいだろう」

金蔵は麻里を突きつづけている。

「わしたちは御前様の命で、江戸にある、すべてのオットセイの睾丸を集めたのだ。そして御用達《ごようたし》の光明堂には吉弥が盗みに入り、上様のオットセイの睾丸もすべて手に入れたのだ」

「どうして、そのようなことを」

「もちろん、上様の評判を落とすためだ。オットセイの睾丸を独り占めにして、政《まつりごと》はせず、奥でひたすら励んでいる将軍と思わせるためだ」

「上様はそのようなお方ではありませんっ」

「それはどうでもいいのだ。江戸の民がどう思うかだ。そして、御前様はそれだけでは満足せず、上様の息の根を止めようとなさったのだ。食事ごとに飲んでいたオットセイの睾丸をすべて奪ったのだ。恐らく、今朝からオットセイの睾丸を食していないだろう。間違いなく、上様は日に日に弱っていくだろう。そうすれば、いやでも御前様の時代となるのだ。それを待つだけだ」

「そのようなことは、させませんっ」

と、美月が叫ぶ。

「花びらをさらしても、なかなか威勢がいいな、美月。さくら、早苗《さなえ》、穴をこっちに持ってこいっ」

と、金蔵がずっと尻を向けていたふたりのおなごに命じる。すると、ふたりが四つん這《ば》いのまま、金蔵のそばにやってくる。

金蔵が麻里の穴から魔羅を抜く。先端からつけ根まで、麻里の蜜でぬらぬらだ。

「さくら」

と言うと、さくらが顔を寄せる。金蔵がさくらの口を魔羅で塞《ふさ》ぐ。

「うぐぐ、うう……」

「こうして穴に入れていると、おまえはとても安堵《あんど》した顔になるな、早翔」

美月は早翔を見た。確かに安堵した表情を見せている。

「ああ、入れたい。美月の花を散らしたいっ。ああ、しかし、御前様に……ああ、上様の花びらだと思うと、よけい御前様がお喜びになるっ。ああ、入れたいっ」

金蔵はさくらの口をずぶずぶと突きつつ、うなっている。

吉弥が割れ目を開き、ずっと金蔵に美月の花びらをさらしている。金蔵は美月の花びらを見ながら、さくらの口を突いている。

魔羅を抜いた。そしてすぐさま、早苗の穴にうしろから入れる。

「いいっ」

一撃で、早苗が愉悦の声をあげる。

「ああ、濡れてきているぞ。誘っているぞ」

早苗の女陰《ほと》を突きつつも、金蔵の目は美月の花びらから離れない。

大刀《だいとう》さえあれば。大刀さえ手にすれば、反撃に出られるが、残念ながら、この場に大刀はない。が、槍は二本ある。

槍を見ると、間垣を思い出す。間垣は刀より、槍が得意だった。槍も使えるようになるとよいと、ときどき間垣から教わっていた。槍さえ手にすれば。

二

「ああ、私も……魔羅が、欲しいです……」

と、美月が言った。

「なに」

と、金蔵が早苗の女陰を突くのをやめた。

「金蔵様の魔羅を……美月の穴で感じたいです」

かすれた声でそう言う。

みなが美月を見る。みな、信じられない、なにかあるな、という顔で見ている。

「そうか」

金蔵の目がぎらりと光る。早苗の穴から魔羅を抜く。さくらの唾《つば》から早苗の蜜にすっかり塗りかわっている。

金蔵が、両手両足を縛られたまま寝かされている美月の胸もとを跨《また》いだ。

早苗の蜜まみれの鎌首を、美月の唇に突きつけてくる。

「ほら、咥《くわ》えろ」

「旦那様っ、嚙《か》まれますっ」

と、吉弥が案じる。

「嚙みやしない。ほらっ」

金蔵が鎌首を美月の唇に押しつける。美月は一瞬、美貌《びぼう》を歪《ゆが》めた。が、すぐに、ちゅっとくちづけていった。

たったそれだけで、金蔵が、ううっ、とうなった。

「旦那様っ、嚙まれますっ」

吉弥が案じるなか、金蔵が鎌首をさらに押しつけてくる。野太い鎌首が美月の唇にずぶりと入った。

美月は鎌首を吸っていく。まぐわいの経験はないが、尺八《しゃくはち》の経験は積んでいる。

まさか、ここで役に立つとは。

「ああ、たまらんっ、たまらんぞっ」

金蔵がうなっている。

美月が唇を引いた。鎌首が出てくる。

「ああ、金蔵様の魔羅を握りたいです」

美月は金蔵を見あげ、そう言う。

「握りたい……」

「手でたくましさを感じたいです。たくましさを感じながら、お口でご奉仕したいです」

「たくましさを感じたいか」

「それに……お、お尻も……お尻の穴も撫《な》でたいです……お尻の穴を撫でながら、おしゃぶりしたいです」

「吉弥、手の紐《ひも》を切れ」

と、金蔵が言う。

「旦那様っ、危険です」

「大丈夫だ。おなごの剣客かもしれないが、大刀を手にしなければ、ただのおなごだ。わしの魔羅を感じたいと言っているのだ。女陰では感じられないからな」

はやく手を自由にしろ、と金蔵が言う。

吉弥が美月の上体を起こす。

そして、両手首を縛っていた紐を切った。

美月は自由になった両手で乳房を抱いた。急に羞恥《しゅうち》を覚えたのだ。

「さあ、握ってみろ」

と、金蔵が魔羅を突き出す。

「旦那様、折られます」

吉弥が案じるなか、美月は右手を伸ばし、反り返ったままの金蔵の魔羅をそっとつかんだ。

「ああ……」

金蔵はつかまれただけでうなった。

美月はぐっとつかんだ。牡《おす》の息吹《いぶき》を感じて、躰《からだ》の芯《しん》がせつなく疼《うず》く。ふと、これを女陰に欲しいと思った。なにを愚かなことを思ったの、と美月はかぶりを振る。

「どうした、美月。握って、女陰に欲しくなったか」

金蔵が図星をついてくる。

「欲しく、なりました……」

と、美月は答える。

「美月さんっ、なにを言っているんだっ」

早翔が叫ぶ。

「そうか、握って、欲しくなったか」

美月の手の中で、金蔵の魔羅がさらにひとまわり大きくなる。

「ああ、もっと、たくましくなりました……ああ、欲しいです」

本心だった。本心から出た言葉ゆえ、金蔵の心を動かしていた。

「入れるか」

と言う。

「御前様に美月の花びらを進呈するのではないのですかっ」

と、吉弥が叫ぶ。

「そうだな。御前様に進呈するのがいい……」

美月はぐっとつかんだまま、しごきはじめる。そして、ぱくっと咥えていった。くびれまで咥え、じゅるっと吸う。

「ああ……たまらん……」

どろりと我慢汁が出てきた。それを吸っていく。そして、反り返った胴体の半ばまで深く咥えていく。

ゆっくりと胴体をしごきつつ、それに合わせて美貌を上下させる。

「あ、あああっ、あああ……女陰に入れているみたいだ」

「そうですよ。女陰と同じです。口は女陰です」

と、吉弥がわけのわからないことを言う。

美月は唇を引いた。つけ根の近くまで美月の唾に塗りかわっている。

「どうした、美月。もっとしゃぶれ」

鈴口《すずぐち》からどろりとあらたな我慢汁が出てくる。それを見て、麻里、さくら、早苗が、うそっ、と声をあげる。

「金蔵様の我慢のお汁、はじめて見ました」

三人が声をそろえてそう言う。

「我慢なさっているのですね。お口では、満足できないのですね。ああ、美月もそうです。お口では満足できません」

「美月さんっ」

早翔が目を見張っている。

これも本心だった。金蔵の魔羅をしゃぶっていると、さらに女陰が疼いてきた。

「欲しいです」

と言って、ぺろりと我慢の汁を舐める。

「もう、我慢ならんっ」

と、金蔵が反り返った魔羅を美月の股間に向けていった。

三

「いけませんっ」

「やめろっ」

と、ふたりの男の声が重なった。そんななか、金蔵は鎌首を割れ目に押しつけてくる。が、気がせいているのか、なかなかうまく入らない。

「吉弥っ、足の紐も解《ほど》けっ」

と命じる。

「旦那様っ、美月の花びらは御前様に進呈されたほうが……」

「うるさいっ。美月が欲しいと言っているのだ。入れてやるっ」

「騙《だま》されているだけですっ」

「美月の目を見ろ。欲しがっている目だっ」

美月は今にも生娘《きむすめ》の花びらが散らされそうな状況でも、妖《あや》しく潤《うる》ませた瞳で、金蔵の魔羅を見つめていた。

「はやくしろっ。やらないのなら、わしがやるっ」

と、金蔵自ら足首の紐を解こうとするが、うまく解けない。

「おいっ、槍を貸せっ」

と、金蔵が槍を持つ男に命じる。男は吉弥を見た。

「はやくしろっ」

主人の命令に気圧《けお》され、男が槍をさし出そうとする。

「おまえが切れ」

はっ、と命じられた男が、槍の先端を美月の足首に向けた。あっさりと紐が切れて、美月は両手両足とも自由になった。

その刹那《せつな》、座敷には緊張が走った。

その緊張を解いたのは美月だ。

「ああ、魔羅、ください」

と言うと、自ら両足を開いた。大胆に開かれたが、生娘の縦すじはぴっちりと閉じたままだ。

「ああ、入れるぞ」

「旦那様っ、このことが御前様の耳に入ったら取り返しがつかなくなりますっ」

と、吉弥が言う。

「耳には入らんだろう。おまえたち、誰かに話すか」

と、金蔵が槍を持つふたりの男たちに問う。

「話しません」

と、ふたりはかぶりを振る。

「おまえたち、誰かに話すか」

と、金蔵は三人のおなごたちにも問う。話しません、と三人とも激しくかぶりを振る。

「そやつはあの世だ。誰も話す者がいなければ、大丈夫だ」

早翔を見て、金蔵がそう言う。

「美月がいます」

と、吉弥が言う。

「美月……」

金蔵が美月を見る。

「おまえ、話すか」

「話しません」

と、美月は答える。

「話しませんから、はやく魔羅をくださいい。美月、もう変になりそうなんです」

「そうか」

と、金蔵が美月の両足の間に入った。

そして、魔羅を割れ目に向けてくる。

上体が下がった。その刹那、すらりと伸びた足が金蔵の首に向かって伸びた。

「あっ……」

と、吉弥が声をあげたときには、首を挟んだふくらはぎが下がり、一瞬、離れたと思ったときには、太腿《ふともも》で首を絞めていた。

「うぐっ」

金蔵の顔面が瞬く間に真っ赤になり、そして青ざめていく。

「早翔の縄を切りなさいっ」

と、槍を持つ男に向かって、美月は命じる。

槍を持つ男は吉弥を見た。

吉弥はかぶりを振る。すると、美月は太腿に力を入れた。長峰藩主を失神させた首絞めだ。

「はやく切らないと、死ぬわよ」

「うぐっ、うぐっ」

金蔵が槍を持つ男をにらみつける。

槍を持つ男が早翔の足に槍を向けた。紐を切った。

その刹那、早翔が飛んでいた。吉弥の顔面を蹴《け》りあげる。

「ぐえっ」

吉弥が防備する前に見事に炸裂《さくれつ》して、鼻がつぶれた。

美月はそのまま金蔵を首絞めで落とすと、呆然《ぼうぜん》と立っている槍の男に飛びかかった。槍を奪うなり、振りまわす。

ひとりの首を刎《は》ねた。

それを見て、もうひとりの槍の男が怖《お》じ気づく。美月は勇みよく槍を突き出していった。

喉を突く。

「ぐえっ」

とうめく。美月が槍を引くと、鮮血が噴き出した。美月の美貌から鎖骨《さこつ》、そして乳房を赤く染めていく。麻里、さくら、早苗の三人は、美月が槍男の首を刎ねたと同時に失神していた。

早翔は畳にころがっている苦無《くない》を手にすると、鼻をつぶされ、身もだえている吉弥の喉を突き、とどめを刺した。

金蔵が目を覚ました。美貌から鎖骨、そして乳房にかけて鮮血まみれにさせて槍を持っている美月を見て、

「ぎゃあっ」

と叫び、立ちあがろうとした。が、腰が抜けていて、立ちあがれずにいる。

「金蔵っ、御前様とは誰だ」

と、美月が聞いた。

「何の話だ」

「言えっ」

美月が槍で金蔵の躰をなぞる。すると勃起していた魔羅が一気に萎えたが、すぐにまた大きくなってくる。

鮮血を浴びた美月を見て腰を抜かすほど驚いたが、あらためて、そのなんとも悩ましい姿を見て、股間に劣情の血を集めているようだ。

「御前様とは誰だっ、誰の命でオットセイの睾丸を集めた」

「知らない……」

かぶりを振るが、美月を見あげる金蔵の目は爛々《らんらん》と光りはじめる。

「答えねば、これを刎ねるぞ」

と、勃起した魔羅に、美月が槍の先端を向ける。

「ひいっ」

と叫び、瞬く間に魔羅が萎えていく。

が、またすぐさま勃起を取り戻す。

「御前様とは誰だ」

と、早翔も聞く。小柄《こづか》で金蔵の喉をなぞりはじめる。

「知らない」

「魔羅を刎ねるぞ」

と、美月はわずかに、槍の先端を動かす。すると、魔羅の根元の剛毛がぱらぱらと落ちていく。

「あ、ああ……」

金蔵の躰ががくがくと震える。それでいて、魔羅はさらにたくましく反っていく。刎ねてください、と言わんばかりだ。

「誰だ。言わぬか」

「知らないっ」

美月は魔羅の根元に槍の先端を当てた。

すると、金蔵が、ううっ、とうめいた。

「まずいっ」

金蔵が口から泡を吹き、白目を剝《む》いた。

「毒を嚙みつぶしやがった」

「お見事」

と、美月は主の名をあの世まで持っていった金蔵を褒《ほ》めた。

早翔が気を失ったままの三人の妾に向かう。苦無を手にしている。

「なにをするのですかっ」

「顔を見られている」

そう言って、麻里の髷《まげ》をつかむ。

「なりませんっ」

美月は槍をぶんと振る。

早翔がさっと躰を引いた。早翔でなかったら、首が飛んでいただろう。

「このおなごたちはなんの罪もありません」

美月は三人の前に立つ。あらためて槍を構える。

「それはわかっている。しかし……」

「なりませんっ。三人をあの世に送るのなら、まずは私を斬《き》ってからにしてください」

「それは無理だ……」

「どうしてですか」

「無理なんだ」

早翔が苦渋《くじゅう》の表情を浮かべる。

「さあ、オットセイの睾丸を持って、出ましょう。上様にお届けください」

「その顔じゃ、出れませんよ」

早翔に言われ、美月はおのが姿を見る。鎖骨から乳房まで鮮血がかかっている。顔から血の臭《にお》いがする。

「血を拭《ふ》かないと」

と言うと、早翔が座敷から消えた。美月は三人のおなごたちを見る。

すぐに、早翔が桶《おけ》を持って、戻ってきた。手拭《てぬぐい》を桶から出し、水をしぼると、寄ってくる。美月は槍から手を放した。

早翔が手拭で顔を拭ってくれる。

「太腿絞め、はじめて見ました」

「そうですか」

「あれで、長峰藩主も落としたのですね」

「はい……お恥ずかしいです……あっ」

美月は急に羞恥を覚えた。敵と戦うことだけに集中していて、自分が今、生まれたままの姿を早翔にさらしていることに気づいたのだ。

あわてて右腕で乳房を抱き、左手の手のひらで恥部を覆《おお》う。

「恥ずかしくなりましたか」

「はい……」

顔の血を拭った早翔が首から鎖骨を拭きはじめる。

「あとは、私が……」

「いや」

手拭が乳房に迫ってくる。

「手を上げてください、美月様」

「私が……」

「上げて」

と言う。はい、と美月は右腕を上げる。乳房があらわになる。ずっとさらしていたのに恥ずかしい。

「乳首、とがってますね」

と、早翔が言う。

「えっ……あっ……いやです……」

きっと槍の男の首を刎ねたときに、とがったのだ。今、美月の躰は昂《たかぶ》っていた。

極限の状態から解放されて、躰が疼いていた。

早翔が乳房の血を拭った。とうぜん、とがった乳首をこすりあげられる。

「あんっ……」

思わず、甘い声を洩らした。屍《しかばね》がいくつもころがっている場にはふさわしくない声だ。

が、ふさわしくない場ゆえに、美月はより感じていた。

早翔が乳首をこすってくる。いや、鮮血を拭っているだけだ。そう思いたい。

「はあっ、ああ、あんっ……」

美月の喘ぎ声が流れている。

「大きな乳だ」

早翔が手拭を右の乳房から引いた。右の乳房は白く戻っていた。左にはべったりと血がついている。

「あとは、私が……」

「いやっ、拙者が」

桶に手拭を浸し、すばやくしぼると、左の乳房に向けてくる。

美月は早翔の勢いに押され、乳房を委《ゆだ》ねてしまう。

手拭を押しつけられた。とがった乳首を押しつぶされる。右より強めだ。

「あっ、あんっ」

思わず、また甘い声を洩らしてしまう。

右の乳首がぷくっとさらにとがる。こすられたがっているようだ。

早翔は左の乳房についた血を、丁寧に拭ってくれる。ずっと左の乳首をこすられる。

すると、右の乳首がひくひく動く。思わず、右も、と言いそうになる。

すると早翔が左の乳房を手拭で拭きつつ、右の乳首をちょんと弾《はじ》いた。

不意をつかれ、

「はあっんっ」

と、声をあげ、汗ばんだ裸体を震わせる。

早翔は左の乳首を手拭でこすりつつ、右の乳首を指で弾きつづける。

「ああ、ああっ、あんっ、やんっ」

美月の甘い喘ぎが座敷に流れる。

「もう、きれいになりました」

美月は乳首を弾いている早翔の手首をつかんだ。それで、早翔自身もはっとした顔になった。

四

夕刻、家斉は城の庭を眺めながら、美月のことを思っていた。

すると、四阿《あずまや》に人影が見えた。早翔だ。

四阿に向かうと、早翔が大きな箱をさし出した。

「なんじゃ」

早翔が蓋《ふた》を開けた。三角折りの紙が、大きな箱いっぱいに詰められていた。

「これは、オットセイの睾丸であるか」

「はい」

「ほう。誰が持っていた」

「益田屋という高利貸です」

「なに、高利貸だと」

「はい。美月様のお手柄です」

「ほう。美月がオットセイの睾丸を独り占めしている高利貸を見つけたのか」

「はい。私はいつもどおり美月様をつけて、益田屋に忍びました」

「そうか。美月がのう」

家斉は三角折りをひとつ手にすると開き、オットセイの睾丸をすりつぶした粉をすぐさま口に入れた。

唾で流しこむと、生き返ったような気になる。

「病は気からと言うが、そうであるな。朝、これを口にしなかっただけで、十も老けたような気がしておった」

「それはよかったです」

「それで、無事なのか」

「えっ、美月様はご無事です」

「いや、美月というか、花のほうだ」

「ああ、生娘の花びらは散らされておりません」

「そうか」

家斉は安堵した。生娘の花を守るために、お庭番をひとりつけさせていたが、敵と対するわけであるから心配である。

「益田屋にオットセイの睾丸を集めろ、と命じた御前様に、美月様の生娘の花を進呈しようとして、散らさなかったのです」

「御前様……誰だ」

「それがわかりません。口を割らせる前に、毒を飲みました」

「そうか。まあ、よを陥れようとしている者であろうな」

真っ先に頭に浮かぶのは、失脚させた松平定信である。老中首座の座を追われたあとは白河《しらかわ》藩に戻り、藩政に専念していたが、今は長男の定永《さだなが》に藩主の座を譲り、隠居の身となっていた。が、いまだに実権は握っていると聞いている。

「御前様は、あやつか」

「そうかもしれません」

早翔がうなずく。あやつで通じるほどの反家斉となると、定信である。

「美月の活躍を聞かせてくれ」

「美月様は魔羅が欲しいとねだられて……」

「なにっ」

「それは隙《すき》を作るためです」

「そうか。生娘の花びらも、武器として使っているわけだな」

なかなかできたおなごである。よが認めたおなごだ。

「はい。益田屋はどうしても美月様とまぐわいたくなって」

「それはそうだろう」

「手の拘束だけではなく、足の拘束も解いて、魔羅を割れ目に向けました」

「なんて野郎だ。首を刎ねろっ」

「もうあの世に往《い》っています」

「そうか。当たり前だっ」

「美月様は隙をついて、益田屋の首を太腿で絞めて落としました」

「なんとっ。太腿で落としたところを、おまえは見たのか」

「はい。見ました」

「ううむ。裸だったのか」

「はい。裸でした」

「ううっ」

そんなよい場面を家斉は見ずに、お庭番ごときが見ている。このようなことがあってよいのか。

「それで」

「美月様は槍を手にするなり敵の首を刎ね、もうひとりの敵の首を突きました。そのとき鮮血が飛び、美月様の顔から乳にかかりました」

「なんとっ、裸で敵の血を浴びたと言うのかっ」

「はい。それはもう、すさまじく……」

「すさまじく、なんだ」

「この世のものとは思えぬほど美しく、妖しいものでした。目を覚ました益田屋が即勃起させたほどです」

「なんとっ」

家斉は裸で槍を振るう美月も、敵の血を浴びた美月も見ていない。そして、早翔は見ている。

「おまえはいずれも見たのだな」

「はいっ」

「ううむっ」

天下の将軍でさえも、叶《かな》わぬことがあるのだと知る。

「それで」

「えっ……」

「それでどうした。血を浴びた美月を見ただけではあるまいっ」

「さすが上様。ご明察でございます」

と、早翔が頭を下げる。

「どうした」

「拭きました」

「拭いた。乳をか」

「はい。申し訳ございませんっ。上様のおゆるしをいただくことなく、拭いてしまいましたっ」

と、片膝《かたひざ》立ちで報告していた早翔が、土下座をした。

家斉は後頭部を踏みつけようかと思ったが、ぎりぎり我慢した。

「それでどうだった」

「えっ……」

「美月の反応だ。恐らく乳首を勃たせていたのではないのか」

「ああ、上様っ、その場におられたようでございますっ」

やはりとがらせていたのか。そして、こやつはとがらせた乳首を手拭でこすっているのだ。

「それで、どうであった」

「それが……」

「それが、どうした」

「とても甘い声を……その、あげておられました」

「乳首をこすられて、美月は喘いだのだな。それをおまえは聞いているのだな」

「申し訳ございませんっ。つい……手を出してしまいましたっ」

「ううぬ」

首を刎ねようか。が、早翔ほど、よの手足となる者はいない。

「美月様、このたびは、たいそうなご活躍でした。素手のときは、その花びらと太腿を使って相手を倒し、槍を持てば、見事な捌《さば》きを見せて首を刎ね、素晴らしい活躍でございました」

「そうか。褒美《ほうび》をやらないとな。それにしても、御前様とやらの正体を知りたいものだな」

「はいっ」

「恐らくはあやつだろうが、今、なにをしているのだ」

「探ってまいりましょうか」

「そうだな」

松平定信。もう藩主の座も息子に譲り、のんびり余生を過ごしていたかと思っていたが、失脚させられた恨みは忘れていないようだ。

五

同じ頃。一艘《そう》の船が、大川《おおかわ》の上流に浮かんでいた。ひとりの男が釣り糸を垂れていた。隠居している武士のようであった。

そこに一艘の猪牙船《ちょきぶね》が近寄ってきた。

「今日は、たいしたものは釣れなかったな」

近寄った猪牙船に乗っている男に向かって、隠居ふうの武士がそう言った。

「益田屋、自害しました」

「なんとっ。誰がそうさせた」

隠居ふうの武士の顔が引きしまった。

「それが、おなごのようなのです」

「おなご……金蔵は六人のおなごを囲っていたが、いずれかが裏切ったのか」

「いいえ。その場に三人の妾が居合わせましたが、知らぬおなごだと言っていました。ただ」

と言って、男が懐《ふところ》から一枚の読売を取り出し、それを隠居ふうの武士に渡した。

「このおなごのようなのです」

と言った。

読売の記事だった。竹刀《しない》を振る稽古着《けいこぎ》姿のおなご。凜《りん》とした眼差《まなざ》しが美しい。

「道場の師範代とあるな」

「はい。あの、めくってください」

と言われ、隠居ふうの武士はめくる。すると、井戸端で汗を拭うおなごの姿が描かれていた。おなごは諸肌《もろはだ》脱ぎで、形よく豊満な乳房をあらわにさせていた。

「このおなごが、益田屋をあの世に送ったと言うのか」

「はい。生き残った妾たちがそう言っております」

「どうして、妾たちは生かしたのだ」

「それはわかりせん。恐らく情けをかけたのだと思われます」

「情けをかけた……甘いな」

「はい」

隠居ふうの武士はじっと乳房まる出しのおなごを見る。

「あやつの手の者であろうか」

「恐らく」

「奥で戯《たわむ》れるのに飽きて、陰働きする者におなごを使うようになったのか」

「そうでございますね」

「まぐわっているのであろうか」

「それが、生娘のようなのです」

と、男が言う。

「生娘っ……」

「はい。妾たちがそう言っておりました。生娘の花びらを御前様に進呈しなければ、と益田屋が言っていたそうです」

「なんと。よに、このおなごの生娘の花びらを進呈するつもりであったのか」

「はい」

「ううむ。益田屋、惜しい男を亡くしたな」

うまくいけば、今頃、ここにこのおなごがいたのか。あらためて乳房を見る。見事なお椀形《わんがた》だ。しかも、豊満である。

股間が疼き、隠居ふうの男ははっとなった。

「どうなさいましたか」

「いや……」

「元気になりましたか」

「わかるか」

「はい」

「久しぶりだな。隠居してからは、はじめてかもしれぬ」

「そうでございますか」

「いや、驚いた。まだ、よにもこういった欲望が残っていたとはな」

隠居ふうの武士の目は、読売に描かれたおなごの乳から離れない。

「しかし、どうしてあやつは手を出しておらぬのだ」

「わかりません。大切にしているのかもしれません」

「そのようなことがあるかっ」

なにゆえ家斉が手を出していないのか、定信は不思議に思った。

その夜、美月、隆之介、矢十郎に藤乃は、老中首座水野忠成の屋敷に呼ばれていた。

案内に出てきたのは、側用人の成川であった。

「お見事でした、高岡様。上様はさっそくオットセイの睾丸を食され、生き返ったとおっしゃっております」

成川が相変わらず美月の顔だけじっと見つめている。

「上様のお役に立てて、光栄です」

と、美月は答えた。

屋敷の奥に案内され、四人並んで、老中首座が来るのを待つ。

以前と同じように、側用人の成川は美月の真横に座している。美月たちは上座を向いていたが、成川は横を向いている。美月の横顔を見ている。その視線には遠慮がない。

忠成が入ってきた。美月たちは頭を下げる。が、成川は頭を下げる気配を感じなかった。どういうことだ。

主が座敷に入ってきて、頭を下げないなんて、ありえないではないか。

美月は横を見て、きちんと確かめたかったが、できない。そのうち、面《おもて》を上げ、と声がかかった。

面を上げつつ、ちらりと成川を見る。すると、目が合った。

なぜか、どきりとした。なぜだ。

そもそも成川には品があった。単なる武士としての品ではなく、もっと高尚なものを感じていた。その品は誰かに似ていると思っていたが、今、わかった。

長峰藩主の彦一郎が醸《かも》し出ている品と似ていた。

いったいどういうことだ。

「みなの陰働きのおかげで、上様のもとだけでなく、江戸市中にもオットセイの睾丸が出まわるようになるだろう。これで、上様が独り占めにしているという噂《うわさ》はなくなるだろう。なにより、上様がまた食事のたびに、オットセイの睾丸を取れるようになられた。これでまた、いちだんと元気なられ、政に精を出されるであろう。特に、高岡美月っ」

老中首座水野忠成の声が美月にかかる。

「はっ」

「そなたの活躍は素晴らしいものがあった。上様は大変お喜びである」

「ありがたき幸せにございます」

上様は大変お喜びである、と忠成が言ったとき、成川が笑った気がした。

ちらりとしか見ていないから、はっきりはわらかない。

「豊島隆之介、権堂矢十郎、そして藤乃、そなたたちもよく働いた」

「はっ」

「そなたたち四人はよき仲間である。それぞれが役割を果たせば、また上様のお役に立つであろう。期待しておるぞ」

「はっ」

と、美月、隆之介、矢十郎に藤乃は頭を下げた。

隆之介と矢十郎はとても感激した表情である。

「褒美をつかわすが、今までと変わらぬ暮らしをしてくれ。庶民の中に溶けこみ、よらが察知できぬ不穏な空気をつかんでくれ」

「はっ」

「頼んだぞ」

「はっ」

美月は陰働きの使命に燃えていた。

六

「たあっ」

深川の道場に、美月の声が響きわたる。

物見窓にはいつもどおり、大勢の町人が集まっていた。その中に、若旦那ふうの男と手代ふうの男がいた。町人のなりをしているが、どこかそぐわない。

「ああ、美月……」

若旦那ふうの男が師範代の名を呼んだ。

長峰藩主の彦一郎である。連れの手代ふうが、間垣孝道であった。彦一郎の命で、間垣がここに案内していた。

彦一郎は将軍に挨拶《あいさつ》にうかがったときに、美月のことを言われて驚いた。が、おなご好きの家斉なら、ありうることかもしれないと思った。

しかし、手を出すな、と言われたことには面食らった。美月は勇ましい美貌の剣客なのだが、まさか天下の将軍が美月の生娘の花びらを欲しがっているとは……。

もちろん、彦一郎は美月のことはあきらめた。喜んで、将軍に譲ろうと思った。が、上屋敷に戻り、側室を抱いていると、美月の生娘の花を将軍に譲るのが惜しくなってきた。

あの花びらはよのものなのだ。天下の将軍といえど、譲りたくない。脱藩したとはいえ、そもそも美月は長峰藩のおなごなのだ。長峰藩のおなごは、みな、藩主である彦一郎のものなのだ。

「面っ」

美月が放った面が決まる。

ありがとうございましたっ、と門弟が頭を下げる。

「次っ」

と、美月が声を張りあげる。次の門弟が、美月と向かい合う。

美月は漆黒《しっこく》の長い髪を背中に流し、根元でくくっている。

たあっ、と門弟が打ちこんでいく。美月はさっと体をかわす。すると、長い髪が宙を舞う。

美しい。すぐにでも道場に入り、稽古着を剥《む》き下げ、乳房をあらわにさせて、顔を埋めたい。きっとたまらぬ汗の匂いで、一気に勃起するだろう。

しかし、美月の生娘の花びらは将軍のものなのだ。そのことを、許婚の豊島隆之介は知っているのか。知っているから、美月に手を出していないのか。

わからない。ひとつだけ確かなことは、美月の生娘の花びらをおのが魔羅で散らしたいということだ。

「面っ」

またも面が決まった。

門弟が、参りました、と頭を下げ、ありがとうございました、と下がる。

美月が額の汗を拭った。こちらを見る。

目が合った気がした。それだけで、彦一郎は青年のように胸を昂らせた。

七

夜。

「わしはたいして役に立たなかったな」

寝床で並んで天井を見ていると、隆之介がぽつりとそう言った。

「そのようなことはありません。益田屋は隆之介様が見つけてくださったのではないですか」

「まあ、そうであるが、すぐに動かなかったのが情けない。それに、美月どのだけを危険な目にあわせてしまった」

「早翔さんがいっしょでしたから」

「そうか。ただ、陰働きはこれからやれそうな気がしてきた」

「そうですね」

「美月どの」

隆之介が美月の手を握ってきた。そして上体を起こすと、仰向《あおむ》けに寝ている美月を跨いできた。

顔が迫ってくる。美月が瞳を閉じると、唇に隆之介の口を感じた。唇を開くなり、舌が入ってくる。

「うんっ、うんっ」

美月は隆之介と舌をからめ、両腕を隆之介の首にまわす。

隆之介は口吸いを続けながら、寝巻越しに乳房をつかんできた。

その刹那、目の眩《くら》むような刺激が走った。

「ううっ……うんっ……」

美月は火の息を吹きこむ。

隆之介は強く揉んでくる。乳首がとがり、それが寝巻にこすれる。

「あ、ああっ、いい、いいっ」

美月ははやくも愉悦の声をあげていた。

「美月どの……」

隆之介が寝巻の胸もとを引き剝《は》いだ。たわわな乳房があらわれる。乳首はとがっている。

隆之介が今度はじかに乳房をつかんでくる。両手でふたつのふくらみを揉みしだいてくる。

「ああ、ああっ、いい、いいっ……ああ、いいのっ」

躰が焦《こ》がれていく。

隆之介がさらに寝巻をはだけ、腰巻を取った。

おさねに触れてくる。その刹那、雷が股間に落ちた。

「ひいっ」

美月は絶叫していた。

静まり返った裏長屋に、美月の声が響きわたる。いつもは聞こえる隣からの藤乃のよがり声も今宵《こよい》は聞こえない。美月の声だけが流れている。

「美月どのっ」

隆之介が割れ目を開いた。腰高障子の穴から洩れている月明かりが、ちょうど花びらを照らす。

美月の花びらはどろどろに濡れていた。そして、生娘であるにもかかわらず、誘っていた。

「ああ、美月どの」

隆之介は食い入るように、美月の花びらを見つめている。

「ああ、入れたい。入れたいぞ」

「来て、来てくださいい、今宵、美月をおなごにしてください」

隆之介が寝巻を脱いだ。そして下帯《したおび》も取ると、弾けるように魔羅があらわれた。

それもちょうど月明かりを受けて、神々《こうごう》しく光っている。

「ああ、なんとたくましい御魔羅」

美月は起きあがった。そして反り返っている魔羅の先端に、くちづけていった。

「ああ、美月どの、美月どのっ」

鈴口から先走りの汁が出てくる。美月はそれを丁寧に舐め取っていく。

「ああ、ああっ」

隆之介の躰が震えはじめた。

構わず、美月は先走りの汁を舐める。それは先端を舐めることを意味していた。

「ああ、だめだっ。出るっ」

あっ、と思った刹那には、鈴口から精汁が噴き出していた。

それを、美月はもろに美貌で浴びていた。

「あ、ああ、ああ」

噴射が止まらない。美月は逃げなかった。

額に小鼻に目蓋《まぶた》に頰《ほお》に、唇にどろりとかかってくる。

凜とした美貌が精汁まみれとなる。

「美月どの……美月どの……」

ようやく鎮まったときには、魔羅はすっかり萎えていた。

美月は美貌からどろりと精汁を垂らしつつ、萎えた魔羅を咥えた。

「うんっ、うっんっ」

根元まで頰張り、強く吸っていく。

「ああ、ああ、美月どのっ」

隆之介は腰をくなくなさせて悶《もだ》えている。が、魔羅は縮んだままだ。
大きくなって、隆之介様。
美月は懸命に吸いつづけた。

コスミック・時代文庫

大江戸《おおえど》暴《あば》れ曼荼羅《まんだら》

2024年12月25日　初版発行

【著 者】
八神《やがみ》淳一《じゅんいち》

【発行者】
松岡太朗

【発 行】
株式会社コスミック出版
〒154-0002 東京都世田谷区下馬6-15-4
代表　TEL.03(5432)7081
営業　TEL.03(5432)7084
FAX.03(5432)7088
編集　TEL.03(5432)7086
FAX.03(5432)7090

【ホームページ】
https://www.cosmicpub.com/

【振替口座】
00110-8-611382

【印刷／製本】
中央精版印刷株式会社

ISBN978-4-7747-6615-7 C0193